HAYMON verlag

Alfred Komareks Weihnachtsgeschichten

Mit Illustrationen von Eva Kellner

MIX
Papier aus verantwortungsvollen Quellen
FSC® C083411

Auflage:
4 3 2 1
2023 2022 2021 2020

HAYMON verlag
Innsbruck-Wien
www.haymonverlag.at

Originalausgaben der Texte: „Pflastersteins Weihnachten" erschien 1990 im Wolfhart Verlag, Edition A, Wien, „Otto der Weihnachtsrabe" erschien 1983 im Astor Verlag, Wien, „Niemandsnacht" erschien 1989 bei Kremayr & Scheriau, Wien, „Der gefallene Weihnachtsengel" erschien 1979 bei Edition E. Hilger, Wien.

Für dieses Buch wurden die bereits zu einem früheren Zeitpunkt erschienenen Weihnachtsgeschichten auf die neue Rechtschreibung korrigiert.

ISBN 978-3-7099-8106-1

Umschlag: Ines Graus – blickfisch | Buch- und Ausstellungsgestaltung, Buch in Tirol, www.blickfisch.at.
Umschlagabbildung: Ines Graus – blickfisch | Buch- und Ausstellungsgestaltung, Buch in Tirol, www.blickfisch.at, unter Verwendung einer Illustration von Eva Kellner
Satz: himmel. Studio für Design und Kommunikation, Innsbruck / Scheffau – www.himmel.co.at
Sämtliche Illustrationen im Innenteil und am Umschlag: Eva Kellner
Autorenfoto: János Kalmár

Gedruckt auf umweltfreundlichem,
chlor- und säurefrei gebleichtem Papier.

Schneetreiben

Es begab sich, dass zwei einander aus den Augen und aus den Händen verloren. Aber sie wohnten noch zusammen. Es war Ende November. Die Welt schaute grau und traurig drein.

„Morgen ist der erste Sonntag im Advent." In ihrer Stimme klangen silberne Glöckchen. „Ich geh einkaufen. Soll ich dir was mitbringen?"

„Ich habe alles."

„Ja?"

„Ja." Er seufzte behaglich, schloss die Augen und dachte sich ein paar Träume.

Sie trat vor das Haus, als käme sie nach Hause. Es hatte geschneit. Die kleine Stadt war in Zuckerwatte eingesponnen.

Jetzt aber langsam, Schritt für Schritt, nur keine Eile, trotz aller Ungeduld.

Ein paar Gassen weiter leuchtete der Stern der Verheißung im Schaufenster jener Konditorei, die sie seit Kindertagen kannte: Es war so schön wie immer. Die Heiligen Drei Könige neigten im Stall zu Bethlehem die Häupter vor dem Kinde. Drei Generationen Zuckerbäcker hatten die kleine Porzellanfigur unbeschädigt bewahrt. Alle Jahre wieder wurde sie in eine Krippe aus Lebkuchen gelegt, auf essbares Gras gebettet. Das lag später dann auch in den Osternestern. Aber jetzt war das Heil der Welt erst einmal hier zu finden und nicht am Kreuz. Die Hirten standen fromm und ergriffen da, kleine, dicke Marzipanengel jubilierten.

Da galt es nicht lange zu zögern. Beschwingt schlug auch sie die Flügel, flatterte durch die Himmelstür und ließ sich an einem der kleinen Marmortische nieder. Ein rosa Servierengel lächelte fragend und wissend. Sie nickte selig und versank in holder Erwartung.

Und dann: auf schneeweißem Porzellan mit fein durchbrochenem Rand ein süßer Berg Sinai. Das gelobte Land lag nahe.

Eine rasch verwehte Ewigkeit verharrte sie. Das silberne Löffelchen schwebte über dem Gipfel, auf dem sich Gelee von Himbeeren und Brombeeren mit schneeweißem Schlagobers vermählte, senkte sich, tauchte ein, berührte die Lippen, füllte den Mund. Sie grub tiefer, durchstieß eine Schicht aus Kastanienreis, erreichte die dunkle Kuchenmasse und hielt erst inne, als ein heißer Strom flüssiger Schokolade, durchsetzt mit dunkel glühenden Rumkirschen, ans Licht trat, sich träge den Weg talwärts bahnte und in ein sanftes Meer aus Erdbeerschaum und Schokoladensplittern mündete.

Innige Gier ließ sie löffeln, bis alles verzehrt war. Alles? Nein! Da galt es noch einen Hauch von Zimt mit der Fingerkuppe aufzunehmen. Sie züngelte, leckte, schluckte und wusste: Zimt passte eigentlich nicht so recht dazu, doch diese kulinarische Sünde nahm der Konditor nur ihretwegen auf sich. So teilten die beiden ein kleines Geheimnis.

Jetzt aber einkaufen! Einen sehr, sehr langen Schal, um ihre Langeweile einzuwickeln, und eine Decke aus zärtlichem Ziegenhaar, sollte es

wieder einmal kalt werden neben ihrem Mann. Nein, er wollte das nicht, ließ es aber geschehen, weil er nichts davon wusste. Dann noch Wunderkerzen und Lichterketten, damit der Advent so richtig leuchtete und funkelte und sprühte. Nicht zu vergessen bunte, gläserne Engel für die Fenster, und ein Mistelzweig für die Haustür, sollte ja doch jemand auf die Idee kommen, sie zu küssen. Endlich der Weihnachtsmarkt, so viele liebe, kleine Dinge, die still dalagen, sich nicht aufdrängten, aber mitgenommen werden wollten. Es war Abend geworden, Wind kam auf, drängte sich schwarz und mürrisch zwischen die Lichter.

Aber es gab ja Bertis Punschhütte.

„Wie immer?"

„Wie immer!"

Der heiße Becher wärmte die Hände, der Geruch von Rum, Orangen und Zimt wärmte das Gemüt. Sie trank einen kleinen Schluck, lächelte getröstet, trank noch einmal und gebot sich dann, innezuhalten. Jetzt nahm sie auch die Menschen um sich wahr: viele vertraut, aus den Jahren zuvor. Gespräche flackerten auf, verloschen in sanfter Unverbindlichkeit. Nach einer guten Weile stellte sie den leeren Becher ab.

„Noch einen?“

„Überredet.“

Advent also. Wie schön. Und er? Wartete wohl nicht einmal auf sie, saß in sich ruhend da, ein glücksgeschwollener Kröterich. Irgendwie mochte sie das Bild, weil sie ihn ja auch mochte. Doch manchmal dachte sie schon daran, wie das wäre: ihm einen golden schimmernden Zapfhahn in den Leib schrauben, diese unverschämt wohlige Innerlichkeit ausrinnen lassen, auffangen, austrinken bis zur Neige und den leeren Becher lachend über die Schulter werfen.

Ringsum löschten die Buden allmählich ihre Lichter. Höchste Zeit, auch noch einen Adventkranz zu kaufen.

Als sie wieder vor dem Haus stand, das ihm und ihr gehörte, oder ihr und ihm, wer wusste das schon, waren alle Fenster dunkel. Sie trat leise ein, stellte Schachteln und Taschen in die Besenkammer, wo schon sehr viele Schachteln und Taschen standen, und schloss dann im ersten Stock die Tür hinter sich. Die beiden hatten ge-

trennte Schlafzimmer, weil er schnarchte und sie lange wach blieb. Das lag an diesen amerikanischen Fernsehserien, voller Ideen, die sie gerne selbst gehabt hätte.

Der Sonntag kam, dehnte sich träge, und als es Abend wurde, trug sie den Adventkranz ins Wohnzimmer.

„Hier, mein Lieber! So wie du ihn magst: keine Bänder, kein Dekor, nur grün, mit dicken roten Kerzen."

„Danke, lieb von dir. Aber warum so groß?"

„Gerade groß genug, um die Welt zu umarmen."

„Und wenn ich das nicht will?"

„Wird auch die Welt nichts von dir wollen."

„Sehr schön."

Sie schwieg, weil ihr nichts Besseres einfiel.

Er schwieg, weil alles gesagt war.

Sie stand auf, stellte einen bunten Teller mit Weihnachtsgebäck auf den Tisch und legte eine Zündholzschachtel vor seine Hände.

„Und jetzt bist du dran, Zeremonienmeister!"

„Ganz wie du meinst."

„Recht so? Der erste Advent, die erste Kerze, Besinnung allenthalben." Er strich bedächtig mit dem Zeigefinger durch die Flamme.

„Was machst du da?"

„Ich spiele mit dem Feuer."

„Du wirst dir wehtun!"

„Besser als erfrieren. Nicht wahr?"

„Ich dreh die Heizung höher."

„Lass es bleiben."

Er griff nach einem Buch, schlug es aber nicht auf. Sie biss einem Lebkuchenengel den Kopf ab und legte den Rest beiseite.

Er schloss die Augen, dachte nach, und als er aufblickte, sah er eine Träne auf ihrer rechten Wange.

„Bitte nein!" Hastig beugte er sich vor und nahm ihr Gesicht zwischen die Hände. „War nicht so gemeint, das mit dem Erfrieren, vorhin. Für dumme Bemerkungen bin ich immer gut, weißt du ja. Und sag einmal: Wie wär's mit Glühwein? Grüner Veltliner vom Himmelbauer und die geheime Gewürzmischung von meinem Freund Erich: bio, vegan auch noch, und sogar Frau Demeter geweiht. Also keine Wider-

rede. Aber es wird eine Weile dauern. Bei mir dauert alles eine Weile."

So wurde aus dem seltsamen Abend ein merkwürdiger Abend, sogar einträchtig irgendwie. Und es hätte weiß Gott was geschehen können. Aber es geschah nicht, weil beide Angst davor hatten.

Am Morgen darauf saßen sie einander am Küchentisch gegenüber. Er legte den Zeigefinger auf ihre Nasenspitze.

„Sehr munter schaust du aber nicht drein."

„Kopfweh. Punsch und Glühwein vertragen sich nicht."

„Mir geht es nicht viel besser. Ich habe gestern noch den Rest getrunken. Man schüttet so etwas Gutes ja nicht einfach weg."

„Mein Held!"

„Wie auch immer: gemeinsames Kopfweh verbindet. Übrigens hat es geschneit, die Nacht über. Da leben alte Bilder auf."

„Woran denkst du?"

„An zwei Kinder, die wir einmal waren."

„Oh ja, du als winziger Winterkönig. Stolz, mächtig und unnahbar in deiner Schneeburg."

„Doch dann ist ein kleines Mädchen herangestürmt, in schimmernder Wehr, mit ihm das Heer der Schneeflocken. Du hast mich lachend vom Thron gestoßen und in mein eigenes Verlies geworfen."

„Aber es war schrecklich langweilig, so ganz allein auf diesem harten, eisigen Thron. Darum bin ich zu dir in den tiefen Kerker gezogen. Finster war's da unten, eng und sehr gemütlich."

„Und wenn sie nicht gestorben sind, dann schmachten sie noch heute."

„Falsch, mein Lieber. Wir sitzen in der Küche. Harmlos, aber auch ganz nett. Es ist bald Mittagszeit. Soll ich was kochen für uns?"

„Du? Entschuldige, schon ...?"

„Im Kühlschrank liegt Gänsebrust, sous-vide gegart, fertig in zehn Minuten. Und am Rotkraut sollte es nicht scheitern. Mit vorweihnachtlichen Apfelstückchen."

„Tiefgekühlt."

„Was sonst?"

„Nein danke."

„Oder eine winterliche Festtagsuppe? Mit allen nur denkbaren guten Sachen drin."

„Aus der Dose."

„Ah ja, der Herr will etwas Besonderes. Alles auf Lager! Trilogie von Ochs, Esel und Schaf aus dem Stall zu Bethlehem. Goldige Engelsbrüstchen an Weihrauch und Myrrhe, Teufelsbraten mit Chili und Schwefel ...“

„Ich geh dann zum Wirt ums Eck. Montag hat er immer Beuschl. Kommst du mit?“

„Dein Wirt gehört dir ganz allein. Und du darfst ihn behalten.“

Als er nach Hause kam, wohlig satt und müde, weil er dann doch ein zweites Bier getrunken hatte, war sie nicht da. „Was immer sie tut, es sei ihr gegönnt“, hörte er sich sagen, rückte sich seine Welt zurecht und ließ es gut sein. Beiläufig nahm er wahr, dass es Abend wurde und Nacht.

Wo sie nur blieb? Na ja. Bertis Punschhütte vermutlich. Weiß der Teufel, was ihr daran gefiel und was die Leute dort redeten, miteinander und nebeneinander her.

Er hatte sie einmal danach gefragt, als sie spätnachts nach Hause kam, merkwürdig leichtgewichtig, von Frohsinn erfüllt. Ihre Antwort war damals eine Wolke aus Bildern, Tönen und Farben gewesen, ein Gespinst, das ihn einhüllte,

ein paar sehr süße Tropfen auf sein Gesicht fallen ließ und sich auflöste. Nichts blieb.

In dieser Nacht wollte er nichts von alldem wissen. Doch weil er schon einmal wach war, wartete er auf ein Geräusch an der Tür, wartete verdrossen und vergeblich. Er fand es einfach ungehörig, so lange wegzubleiben. Aber vielleicht tat er ihr Unrecht, hatte nur nicht richtig hingehört, und sie war schon da und schlief. Doch die Tür zu ihrem Zimmer stand offen und das Bett war leer. Er war schon lange nicht mehr hier gewesen, hatte nicht stören wollen. Jetzt spürte er Nähe, die ihm nicht vertraut war, unbehaglich und verwirrend. Als er sich abwandte, sprang ihm die Angst in den Rücken und fuhr ihm in die Gedanken.

Dann, vor der Haustür, schaute er ratlos fragend der Nacht ins Gesicht. Es schneite nicht mehr, war wärmer geworden, und dieser verdammte Winter roch nach Frühling. Er wusste nicht viel von ihren Ausflügen in die Stadt. Die Konditorei, von der sie erzählt hatte, schaute ihm dunkel und abweisend entgegen, die Buden des Weihnachtsmarktes hockten da wie eine Herde schlafender Tiere, und vor Bertis

Punschhütte wartete ein großer, prall gefüllter Plastiksack auf die Müllabfuhr. Blieb der Stadtpark, noch dunkler als die leeren Straßen und Plätze ringsum. Nur vereinzelt brannten Laternen gelbe Löcher ins Schwarz, holten einsame Parkbänke ins Licht. Es gab keine Obdachlosen in der kleinen Stadt, weil es sie nicht geben durfte, das war man sich schuldig. Aber es gab in dieser Nacht eine, die hier wohnte, weil es anderswo auch nicht besser war. Sie saß da, viele Einkaufstaschen ringsum, und hielt den Kopf gesenkt.

Erst lief er auf sie zu, trat dann behutsam näher. Sie erschrak aber doch. „Um Himmels willen, du auch noch!"

„Was ist so schlimm an mir?"

„Nichts. Rein gar nichts."

„In anderen Worten: so ziemlich alles."

Sie schaute ihn an, mit einem ganz kleinen Gelächter in den Augen.

Er hörte geduldig ihrem Schweigen zu. Dann legte er seine Stirn an die ihre. „Tu das nie wieder. Versprochen?"

„Ich hab's nicht getan. Es ist geschehen."

„Ah ja. Und wie?"

„Ich war einkaufen."

„Was denn?"

„Nichts und zu viel von allem. Und ich weiß nicht mehr wohin damit. Die Besenkammer ist voll, Keller und Dachboden sind voll, das Haus ist voll, meine ganze Welt ist voll. Nur ich bin leer."

„Und ich hab nichts davon bemerkt …"

„Nicht deine Schuld!"

„Oder doch. Kommst du jetzt mit nach Hause?"

„Nach Hause? Wo soll das sein?"

„Bei mir."

„Woher willst du das wissen?"

„Wissen? Nein. Aber darf ich mir was wünschen?"

„Du traust dich was."

„Nicht wahr? Komm, wir gehen. Und ich trag auch ein paar Einkaufstaschen."

Die beiden redeten wenig miteinander, weil sie nichts Falsches sagen wollten. Aber sie gingen gemeinsam durch die Stadt. Das war schon was. Und dann noch zur nächtlichen Stunde, während sich brave Bürger wüsten Träumen hingaben, für die sie ja schließlich nichts konnten.

Später saßen die zwei in der Küche, sahen die Nacht vor dem Fenster grau werden, und tranken Tee.

Er lächelte schütter. „Schön, diese Niemandszeit. Und sie gehört uns."

„Ja, irgendwie. Sehr müde bin ich. Und hellwach. Sag: Wie geht es denn so zu, in deiner runden, reichen Welt?"

„Seltsam genug. Ich habe alles, viel mehr noch. Aber es reicht nicht für zwei."

„Warum?"

„Die Angst, etwas hergeben zu müssen. Reichtum macht geizig."

„Und ich habe nichts, aber zu viel davon, weil es nie genug sein kann."

„Hat früher wenig bedeutet, nicht wahr? Da war nur eine Handbreit Ungeduld zwischen uns. Aber mit den Jahren ... Andererseits: Bald einmal ist Weihnachten, und da fallen die Wunder geradezu haufenweise vom Himmel."

„Ich stelle mir lieber vor, wie sie die Flügel schlagen und auffliegen."

„Hätt ich dir nicht zugetraut, den Gedanken, ehrlich!"

„Was traust du mir schon zu. Und jetzt geh ich schlafen."

Als sie aufwachte, war es Abend. Es war sehr still im Haus. Nur von draußen kam ein leises Geräusch. Ach ja, Regen. Und das im Dezember. Sie schloss die Augen. Alles war so einfach gewesen, so geordnet und sauber getrennt. Freundliche, friedliche Nachbarschaft, gemeinsame Interessen, der sorgsam eingeübte Umgang mit Konflikten. Und jetzt?

Sie hörte Schritte vor der Tür, zaghaftes Klopfen, wollte ihn aber noch nicht sehen. Vielleicht später dann, in der Küche. Das Wort „Begegnungszone" kam ihr in den Sinn. Sie grinste, drehte sich auf die andere Seite und beschloss, noch ein Weilchen zu schlafen.

„Guten Morgen, spät, aber doch!" Er schaute nachdenklich drein. „Ich habe wenig geschlafen und viel gegrübelt. Ist ja kein Wunder."

„Und?"

„Du hast so wenig von mir."

Sie schwieg und hob kaum merklich die Schultern.

„Du könntest zum Beispiel meine Einsamkeit haben: dunkelroter Samt, mit Goldfäden durchwirkt. Liegt ernst und schwer auf dir, lässt aber auch nichts durch, hält alles ab."

„Gut. Ich biete meine Einsamkeit zum Tausch: fadenscheinige Konfektionsware. Wer sie anzieht, ist nackt. Wer sich mit ihr zudeckt, friert. Das hält frisch."

„Also ich weiß nicht recht. Doch, ja: eine Idee. Wir legen die zwei Einsamkeiten auf den Küchentisch und lassen sie ungestört. Vielleicht geschieht ja irgendwann irgendwas zwischen den beiden."

„Ja. Vielleicht."

Sie mieden also die Küche in den folgenden Tagen, auch das Wohnzimmer, weil dort der Adventkranz allmählich fromm und gebieterisch über sich hinauswuchs, ein grünes, kerzenflackerndes Menetekel. Sie war also wieder häufig in der kleinen Stadt unterwegs, versuchte aber nicht zu übertreiben, ihm zuliebe. Er bewohnte nach wie vor sein geräumiges Inneres, ließ aber die Tür einen Spaltbreit offen, ihr zuliebe.

Eines Tages geschah es im staunenswerten Einklang der Gedanken und Gefühle, dass sie einander besuchen wollten. Er ging aus sich heraus, um sie in ihrer Welt zu finden, sie hingegen schaute sich in ihm um. Auf diese Weise verfehlten sie einander, blieben allein und hatten wohl wieder etwas falsch gemacht. Endlich trafen sie in der offenen Tür zusammen, lachten und beschlossen, dass es so nicht weitergehen konnte.

Sie stieß mit der Faust gegen seine Brust. „Wohin jetzt mit uns?"

„Komm mit mir!"

Im Garten hinter dem Haus stand ein alter Holzverschlag, das geheime Versteck ihrer Kindertage. Dort ließ es sich gut Ränke schmieden. Eng und finster war es hier. Er spürte sie, sie spürte ihn. Sie fröstelte wohlig. „Wird wohl nichts mit dem Weihnachtswunder, wie?"

„Wer weiß das schon? Ist ja erst morgen Abend so weit."

„Was soll da geschehen?"

„Wir könnten versuchen, heute Nacht davon zu träumen."

„Und was bleibt? Morgen früh, nach dem Aufwachen, meine ich."

„Das musst du die Träume fragen."

Pflastersteins Weihnachten

Pflasterstein lebt. Natürlich lebt Pflasterstein. Sonst könnte ja auch Herr Direktor N. nicht leben, mit seiner Seele aus Schrott, seinem Kopf aus Stahl und seinen Gedanken aus Blech. Oder Frau P. wäre längst hinüber mit ihren vertrockneten Träumen, ihren verdorrten Gefühlen und ihrer erstarrten Angst. Pflasterstein lebt gar nicht so schlecht: eingeordnet, angepasst und ruhig. Er könnte sich nicht einmal über einen Mangel an Individualität beklagen, denn jeder Pflasterstein hat im Rahmen eines allgemein gültigen Erscheinungsbildes seine kleinen, aber unverwechselbaren Eigenheiten.

Auch seine Beziehungen zur Umwelt sind, wenn auch nicht besonders aufregend, so doch von recht vielfältiger Natur. Von seinen sechs

Berührungsflächen ruht eine schwer und dunkel in einem Bett aus Beton als durchaus zeitgemäße Basis für eine gesicherte Existenz. So kann er es ruhig wagen, sich andererseits nicht minder intensiv dem Himmel zuzuwenden. Das gibt seiner Frömmigkeit zwar einen spießbürgerlichen Akzent, aber auch jene behäbige Verlässlichkeit, die sich bekanntermaßen immer wieder als Bollwerk gegen Intellektuelle, Feuergeister und Träumer bewährt. Wie so üblich (nicht nur in seinen Kreisen), hat Pflasterstein Erfolg, weil hinter ihm eine Frau steht. Sie gibt ihm treu und verlässlich Halt, und was sie mit ihren übrigen fünf Flächen berührt, will er schon lange nicht mehr wissen: Sie fragt ja auch nicht danach, wen er an seine Vorderseite drückt. Pflastersteins Freundin schätzt die ruhige, feste Art, mit der er sie berührt. Eine Änderung der Verhältnisse wäre das Letzte, was sie wollte. Eine Seitenfläche fügt sich dicht an die Kollegen aus Pflastersteins Büro: Nie gibt es Reibereien, keiner versucht den anderen zu verdrängen, doch jeder behauptet seinen Platz. Pflastersteins rechte Seite gehört einem Freund, und der ist so, wie er zu sein hat: Er steht ihm un-

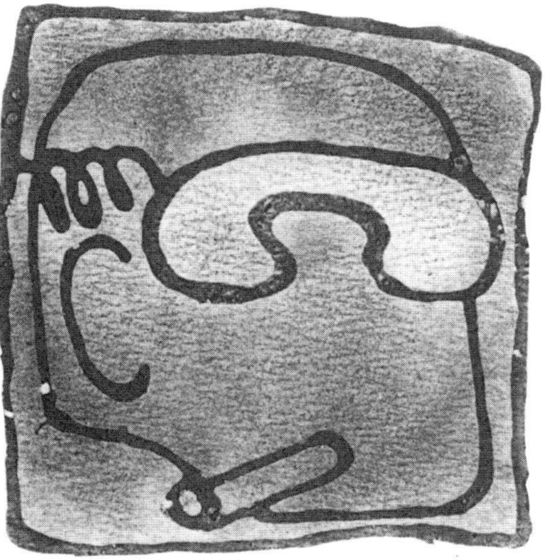

Direktor N. lebt

Ein kleiner freundlicher Platz

erschütterlich zur Seite und hinterließe bestimmt eine große Lücke, würde er fehlen.

Pflasterstein lebt in einer alten, schönen Stadt, die stolz darauf ist, neben Asphalt und Beton auch seinesgleichen zu haben, und er wohnt auf einem kleinen, freundlichen Platz mit Kirche, Wirtshaus und Kastanienbaum. Es gibt dort auch ein Papierwarengeschäft, eine Konditorei, eine Schneiderei, eine Fleischhauerei und die Ordination eines Facharztes für Hals, Nasen und Ohren. Es fehlt an nichts in Pflastersteins Welt. Doch vergangenes Jahr, am 24. Dezember, befiel ihn schon in den Morgenstunden ein seltsames Unbehagen. Der kleine Platz war von Menschen bevölkert, die hastig Pakete und Taschen nach Hause trugen. Bewegung war notwendig, das sah Pflasterstein ein, obwohl sie seinem statischen Wesen widersprach, doch an diesem Tag hatte sie ein geradezu befremdliches Ausmaß angenommen. Dafür gab es gute Gründe, von denen Pflasterstein nichts wusste: Nachmittags blieben die Geschäfte geschlossen, und dann kamen auch noch die Feiertage. Angesichts dieser bedrohlichen Tatsache gerieten die Menschen in Panik. Es sollte an nichts fehlen in diesen Tagen, da man des nackten Kindleins im Stroh und seiner armseligen Eltern gedachte. In immer rascherer Folge begab sich das Wunder der freien Marktwirtschaft: Jeder kaufte seinem Nächsten noch mehr ab als im Vorjahr, damit auch dieser noch mehr kaufen konnte. Über Pflasterstein schwebten unzählige tote Gänse hinweg, gewaltige Mengen feinen Aufschnitts, Orangen und Mandarinen, Saures in Gläsern, Süßes in Schachteln, Exotisches in Dosen, auch eine Familienpackung Gummibären war dabei. Als jeder gekauft hatte, was man eben so brauchte, fingen die Leute an, sich mit besonderen Schätzen zu beladen. Fräulein Erika, Serviererin im Wirtshaus zur Dreifaltigkeit, schleppte sich mit einer kandierten Langeweile ab, denn ihr Freund naschte so gerne. Die stellvertretende Bezirksvorstehersgattin hatte für ihren Mann, der hohle Worte so überaus liebte, diese mit feinster Farce füllen lassen, und Hans, längst aus dem Paradies vertrieben, trug einen dicken Sack verbotener Äpfel heim.

Manchmal, von Hast und Mühe ermattet, blieben auch Leute stehen, und taten das zwei zur selben Zeit, war ein kleines Gespräch kaum

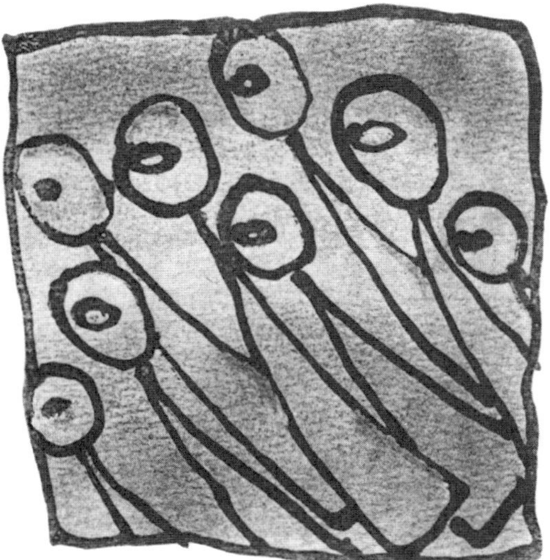

Es sollte an nichts fehlen

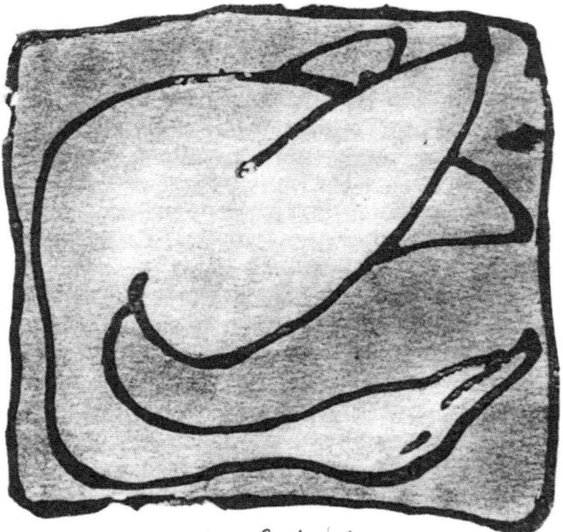

Das Wunder der freien Marktwirtschaft

zu vermeiden: Auch gehetzt? Ja. Leergeronnen, ausgepumpt, kaputt? Na, freilich. Machen wir nicht alles falsch? Sie sagen es. Jetzt muss ich aber weiter. Wohin? Keine Zeit, darüber nachzudenken. Gesegnetes Fest! Gesegnetes Fest.

Als die Lebensmitteltransporte allmählich verebbten, spürte Pflasterstein die unruhigen Schritte jener, die noch rasch ein Geschenk finden wollten. Der Hals-Nasen-Ohren-Arzt hätte seiner Frau gerne eine Stunde geschenkt, heiß und verführerisch wie ein Bratapfel, aber er konnte keine finden, so heftig er auch im Terminkalender suchte. Der Schneider hätte seiner Frau gern ein Kleid geschenkt, ein Meisterwerk, heimlich in vielen Nächten geschaffen, doch der Schneider hatte keine Frau, sosehr er auch nach ihr suchte. Ein Polizist, heute in Zivil, forschte in seinem Innern nach einer netten kleinen Anarchie für seinen stachelhaarigen Sohn, doch da waren nur Recht und Ordnung und die Dienstvorschrift.

Pflasterstein hatte für derlei Probleme wenig Verständnis. Seine Geschenke lagen seit Wochen bereit: ein rücksichtsvolles Schweigen für seine Frau, ein verheißungsvolles Schweigen für seine Freundin und ein verständnisvolles Schweigen für seinen Freund. Aber dieses Laufen und Kaufen vor dem Fest störte seine innere Stabilität, fast empfand er so etwas wie Unruhe. Doch dann wurde es auf dem kleinen Platz still: Die Mittagszeit war da, die Menschen gingen in ihre Häuser. Die Geschäfte schlossen ihre Türen, nur der Maronibrater hantierte noch an seinem schwarzen Ofen. Für Pflasterstein war er eine vertrauenerweckende Figur. Der schwarze Mantel umstand ihn wie eine friedliche Festung, zwei rote, dicke Hände bewegten sich wie gutmütige kleine Tiere, und der runde Kopf taugte bestimmt nur für runde Gedanken. Weil seine Kunden ausblieben, weil der Ofen so schön glühte und die klare Kälte so frisch über das Gesicht strich, erfasste den Mann eine seltsame Stimmung. Er richtete die kleinen, vom Rauch geröteten Augen in die Ferne und begann ein Lied zu singen:

Ich bin Maronibrater,
genauso wie mein Vater,
und auch mein lieber Sohn,
der brät Maroni schon.

Das Lied des Maronibraters

Weihnachten passte ihm ganz gut

Dann lächelte er verlegen, als schäme er sich dieser poetischen Anwandlung, scharrte mit unwilligen Bewegungen in der Holzkohle, rüttelte unwirsch am durchlöcherten Blech und dachte daran, dass ihm wirklich in keiner Zeit seines Lebens ein anderer Beruf als der seine in den Sinn gekommen wäre. Er lebte auch nur im Winter ernsthaft, die anderen Jahreszeiten brachte er arbeitslos oder als Badewärter beiläufig hinter sich. Weihnachten passte ihm ganz gut. Seine Frau, feierlich gestimmt, würde nichts dagegen haben, wenn er ein Gläschen mehr als sonst trank, und sogar selbst am Goldteufel-Likör nippen, und sein Sohn würde vielleicht bereit sein, mit seinem neuen Homespeaker ein altes Weihnachtslied zu streamen. Der Maronibrater schnäuzte sich erfreut und ging ins nahe Wirtshaus, um zu essen, bevor wieder Leute kamen.

Pflasterstein hatte mit diesem Mann nur hin und wieder flüchtigen Kontakt, doch jetzt, in dieser starren, stummen Mittagszeit, fühlte er sich von ihm allein gelassen. Alle gingen irgendwohin, nur er blieb liegen. Dabei war es keineswegs so, dass er mit seiner Lage unzufrieden war. Im Gegenteil: Es war nicht einfach gewesen, in diese sichere Position zu kommen, und ein paar kräftige Schläge hatte er schon hinnehmen müssen. Er sah auch ganz klar, dass seine konsequente Existenz, sein kompromissloses Erscheinungsbild und seine geordneten Beziehungen ihren Preis hatten: Da gab es doppelt so viele Kanten wie Berührungsflächen, aber – und darauf war er stolz – nur acht Ecken. Er mochte also ein wenig steif und unflexibel wirken, vordergründig aggressiv war er nicht. Er empfand sich auch nicht als besonders vierschrötig. Eine Kugel würde sein Inneres fast völlig ausfüllen, was blieb, wäre vernünftiges Beiwerk, angepasst an eine begradigte Welt.

Pflasterstein war immer wieder beeindruckt, in welchem Ausmaß es ihm gelang, ein wohlgerundetes Universum in einer praxisgerechten Verpackung zu präsentieren. Schließlich wurde sein Erscheinungsbild in aller Welt nachgeahmt. Die Städte bestanden aus Blöcken, die Menschen wohnten zwischen Flächen und Kanten, und schließlich steckten auch die Weihnachtsgeschenke in Schachteln, die ihm ähnlich sahen. Pflasterstein sah sich ohne jede Un-

Nicht besonders vierschrötig

bescheidenheit als gültiges, ja endgültiges Konzept. Es würde also nie mehr notwendig sein, etwas an ihm zu ändern. Das vermittelte ein hohes Maß an selbstbewusster Sicherheit.

Pflasterstein brauchte sich am Getriebe der Welt nicht zu beteiligen, weil sein Platz in der Welt festgefügt war. Ereignisse, die ihn bewegten, Erdbeben etwa, waren kaum zu erwarten. Also war es ganz natürlich, dass er auch dem Weihnachtsabend unbewegt entgegensah.

Nachts war auf Pflasterstein ein wenig Schnee gefallen, ein paar blasse Sonnenstrahlen hatten genügt, ihn schmelzen zu lassen, inzwischen war Pflasterstein auch schon wieder trocken. Zu trocken, dachte er ratlos. „Was hast du?“, schwieg seine Frau, als er sich unwillkürlich ein wenig fester an sie lehnte. Er gab keine Antwort, weil er keine wusste.

Am frühen Nachmittag, die Sonne stand hinter dünnen Wolken, durch die scheues, diffuses Licht sickerte, kamen wieder Menschen auf den kleinen Platz, auch ein paar Hunde. Es war die Zeit, in der viele Väter mit den Kindern aus dem Hause gingen, um das Christkind und seine mütterliche Gehilfin nicht zu stören. Aufmerksam musterten große und kleine Menschen das Angebot hinter den Schaufenstern und verglichen es mit dem zu erwartenden Angebot unter dem Weihnachtsbaum. Einige ganz kleine Kinder warfen zwischendurch verstohlene Blicke in dunkle Toreingänge oder zum Himmel, ob nicht doch irgendwo Goldhaar schimmerte, und hörten aufmerksam der Stille zu, ob sie nicht doch das Knistern von Seide oder das Rauschen von Flügeln verriete. Es gab sogar Väter, die das bemerkten und leise lächelnd versuchten, nicht zu stören.

Auf Pflasterstein stand ein Damenstiefel, der rechte, um genau zu sein. Er gehörte zu einem Mädchen, das zu dem jungen Mann gehörte, der gegenüber stand. Und heute Abend? Er zog spielerisch an einer Strähne ihres dunklen Haares. „Was schon!“ Sie zupfte verlegen seinen Schal zurecht. „Familie.“ Dann gingen die beiden gemeinsam weiter, um vielleicht doch noch rasch eine Dunkelheit zu finden, die nur ihnen gehörte und nicht zur unausweichlichen Innigkeit dieses Abends.

Was die Stille verrät

Ein weiteres Mal fühlte sich Pflasterstein um eine Berührung betrogen. Einerseits amüsierten ihn die Umwege, mit denen sich die Menschen einem Ziel näherten, das sie mit seliger Ungeduld und frommer Habgier anstrebten, andererseits beneidete er sie um ihre rastlose Unvernunft. Er, mit seinem festen Standpunkt, berechenbar, ausgewogen und verlässlich, hatte es verlernen müssen, zu spielen. Wenn er ganz ehrlich zu sich war, gab es allerdings eine winzig kleine, federleichte Ausnahme: Hin und wieder war er der bevorzugte Landeplatz eines Spatzen. Er konnte nichts dafür und tat auch nichts dagegen, wie es seiner Natur entsprach. Der seltsame Vogel aber zeigte deutliche Zeichen von Sympathie. Bestimmte an sich unstetes Flattern und Hüpfen seinen Alltag, wurde er merkwürdig ruhig, wenn er Pflasterstein berührte. Im Sommer hatte er sogar einmal seinen flauschigen Bauch an ihm gerieben, als nähme er ein Sandbad. Auch vermied er es sorgfältig, Pflasterstein mit unerwünschten Hinterlassenschaften zu beschmutzen, und dass er in diesem Wohlverhalten auch die Steine um ihn einbezog, ließ auf ein hohes Maß an Toleranz und Feingefühl schließen. Erst war Pflasterstein von dieser Beziehung ein wenig irritiert: Sie hatte entschieden zu wenig Gewicht und entzog sich in beunruhigender Weise seinen Wertmaßstäben. Später glaubte er, den Spatzen besser zu verstehen. So ein irrlichterndes Wesen, unbeständig und haltlos den Wirrnissen seiner Welt preisgegeben, musste doch eine gewisse Sehnsucht nach Ordnung und Beständigkeit in sich spüren. Schwäche, Verletzlichkeit und die hungrige Unrast eines lächerlich kurzen Lebens fanden gewiss in Pflastersteins Festigkeit, in seinen klaren Konturen und rechten Winkeln eine tröstliche Orientierung. Bezog man diese Überlegungen allerdings mit umgekehrten Vorzeichen auf Pflasterstein, dann konnte er nicht umhin, sich einzugestehen, dass dieser Vogel eine gewisse Erweiterung seines Horizonts darstellte. Er eröffnete ihm eine Welt, die er zwar nicht gutheißen konnte, weil er es gar nicht vermochte, sie zu beurteilen, aber auch in seinem würfeligen Gemüt war Platz genug für den Gedanken, dass so eine Welt zumindest Spaß machen könnte. In der kälteren Jahreszeit war der Spatz nur noch selten gekommen, ganz einfach, weil

Landeplatz eines Spatzen

Nicht auf mir!

es immer schwieriger wurde zu überleben, und dazu trug die Sympathie zu einem Pflasterstein leider nichts bei. Einmal hatte es sehr schlimm ausgesehen. Der Vogel war zu Fuß gekommen, und er bewegte sich langsam. „Was ist?", schwieg Pflasterstein. „Verdammt", schimpfte der Spatz ganz leise. „Es sieht ganz so aus, als müsste ich erfrieren." „Nicht auf mir!" Pflasterstein wurde vor Schreck noch ein wenig kälter. „Was soll meine Frau denken?"

„Ach die ...", der Spatz ging davon, ärgerte sich dann aber so, dass ihm richtig heiß wurde und er gar nicht mehr daran dachte, zu erfrieren. Pflasterstein, den das alles durchaus nicht unberührt ließ, stellte fest, dass er das Tier weder gerufen noch ermutigt hatte und dass es eigentlich ein unverschämtes Vorhaben gewesen war, auf ihm zu erfrieren. Erfreulich war die ganze Geschichte natürlich nicht, und besonders ungerecht fand es Pflasterstein, dass der Spatz ihn seitdem zwar einige Male überflogen hatte, doch nie mehr gelandet war. Im Großen und Ganzen blieb Pflasterstein aber davon unberührt. Warum auch nicht, dachte er beharrlich, es sei denn, da wäre nun ein anderer Pflasterstein im Spiel ... ach was.

Er straffte seine Kanten, unterstrich seine Ecken und besann sich auf sein Gewicht. Er spürte die Schritte jener, die nun ihren Häusern zustrebten.

Die alte Frau Berta, gewesene Gemischtwarenhändlerin, setzte bedächtig Fuß vor Fuß: Städtische Funktionäre hatten alle gewesenen Händler und Händlerinnen des Bezirkes zu einer besinnlichen Feier gerufen. Die Stadt, hatte einer gesagt, wird nie aufhören, jene zu umsorgen, die ihr so lange nützlich waren. Doch nun, fuhr er fort, wollte er nicht länger ihre kostbare Zeit rauben und beschließe hiermit die Feier. Frau Berta, wieder im Besitz ihrer Zeit, kostbar, vor allem aber schrecklich geräumig, hatte ein wenig Angst vor diesem Abend, so wie die Jahre vorher, seit es ihren Mann nicht mehr gab. Angst vor dem Augenblick, da aus dem Alleinsein Einsamkeit wurde.

Der junge P. hingegen, erfolgreich in jeder Hinsicht, trieb frohen Sinnes seine vier Kinder heim zu. Weihnachten, pflegte er in seiner unbekümmerten Art zu sagen, motiviert enorm.

Ihre kostbare Zeit

Wirr, sanft und verloren

Der Beruf macht wieder richtig Spaß, weil er den Ankauf von ungezählten Geschenken ermöglicht, die Familie macht wieder richtig Freude, weil sie angesichts der Geschenke den Stellenwert des Berufes erkennt. Und seiner Frau, in letzter Zeit etwas blass und fahrig geworden, würde er auch noch rote Wangen besorgen.

Blieb noch der Junggeselle N., in keiner Weise erfolgreich und schon ein wenig betrunken. Am Morgen hatte er Weihnachten gefürchtet, gegen Mittag war er dem Fest der Liebe in freundlicher Skepsis zugeneigt gewesen, nun war er fast sicher, einen schönen Abend zu verleben: wirr, sanft und verloren. Und er würde schon sehen, wie er über den nächsten Morgen kam.

Langsam wurde der Tag müde, die Wolken leuchteten nicht mehr, sie waren tiefer gekommen, und ein paar Schneeflocken irrten durch die frühe Dämmerung. Es war eine stille, uferlose Zwischenzeit, der kleine Platz fast menschenleer. Die Stadt begann nach innen zu leben. Wer jetzt nicht zu Hause war, würde auch später nicht wissen, wohin.

Pflasterstein war zu Hause, mehr zu Hause konnte man eigentlich nicht sein, und das Viereck seiner Lieben schloss sich fest und vertraut um ihn. Das machte auch jene unbestimmte Angst lächerlich, die plötzlich in ihm war. Vielleicht, überlegte er angestrengt, ist es die Angst, vor nichts Angst haben zu müssen? Ein höchst undankbares Gefühl, betrachtete man jene, die anders lebten als er. Sie waren in ständiger Gefahr, gekündigt zu werden, Schnupfen zu bekommen oder ihren Partner zu verlieren. Daran änderte auch ein Abend mit dem Prädikat „heilig" nichts. Außerdem hatte Pflasterstein ja doch ein recht spannendes Leben, man musste es nur richtig sehen. Wind und Regen, Schnee und Eis rüttelten an seiner Gesundheit und würden ihm eines fernen Tages den Garaus machen. Oder es geschähe das unausdenkbare Missgeschick und die anerkannt unwiderstehliche Frau des Bürgermeisters stolperte über Pflasterstein. Man würde ihn und die anderen roh aus der vertrauten Umgebung reißen und an ihrer Stelle glatten Asphalt etablieren. Seine Zukunft wäre dann städtebaulicher Willkür unterworfen.

Pflasterstein ging in seiner gewollten Erregung so weit, dass er sich ein zerstörerisches

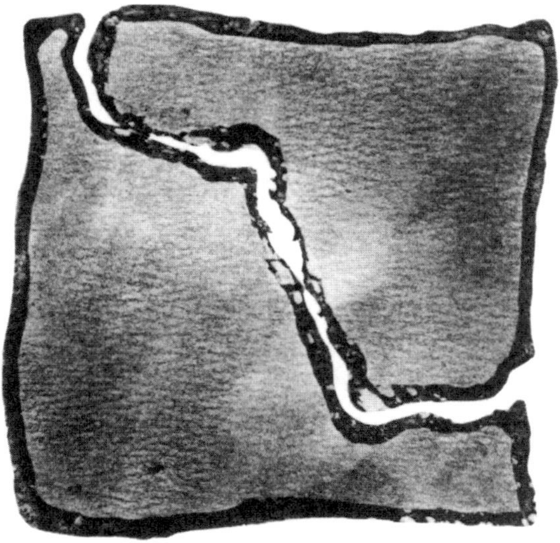

Ein Sprung! Das wäre das Ende.

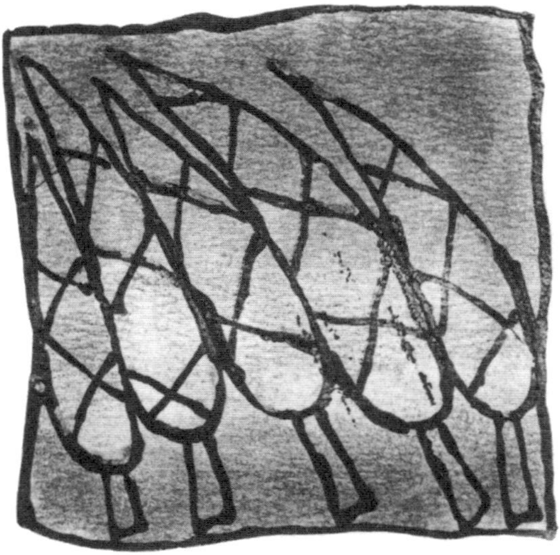

harzige Ekstase

Kind vorstellte, das in blinder Spielwut mit einem spitzen Werkzeug auf ihn einschlug, bis er doch wirklich einen Sprung bekam. Ein Sprung: Das wäre das Ende! „Du spinnst“, schwiegen seine Frau, seine Freundin, sein Freund und seine Kollegen im Chor. Was blieb ihm anderes übrig, als zuzustimmen. Da es ihm offensichtlich nicht gestattet war, zu grübeln, gab er sich einer spontanen, steinernen Müdigkeit hin und begann zu träumen.

Erst schien es, als entspräche das Bild der Christbäume, die am Rande des kleinen Platzes dicht gedrängt standen, banaler Wirklichkeit. Aber dann bemerkte Pflasterstein, dass sie sich unruhig bewegten, wie Menschen, die von einem Bein auf das andere treten, weil die Zehen so kalt sind. Doch die Bäume hatten keine Zehen mehr, nur glattgesägte Stümpfe. Einer der Bäume, schütter und dünn, begab sich mit grotesker Grazie auf den Platz und erwies sich bald als Tanzmeister. Nach seinem Kommando bildeten die Tannen eine ordentliche Reihe, ihnen gegenüber die Fichten.

Sie nickten einander feierlich zu, und als der Tanzmeister in harziger Ekstase rief: „Alles Weihnacht!“, verzweigte sich jeder in jedem, und ein wild bewegter Reigen begann. Der Tanzmeister reckte einen dürren Zweig und ließ mit hochmütiger Geste Silberschnüre und Lametta auf die Bäume regnen, bunte gläserne Kugeln und kostbaren Zierrat. Dann gab er mit einem Knacken seines verkrüppelten Stammes das Signal für die Kerzen zu brennen; den Kerzen folgten sternsprühende Wunderkerzen. Die Bewegungen der Tänzer wurden immer wilder, unter all dem Glitzern, Sprühen und Funkeln verwandelte sich ihr Grün in flammendes Rot, und als das Feuer erloschen war, hing harziger Rauch in der Luft, duftend nach Wachs und heißer Schokolade.

Auf dem kleinen Platz war es wieder still geworden, doch bald waren aus den Gassen ringsum zornige Halleluja-Rufe zu hören, auch erbitterte Hosianna-Schreie zwischendurch. Der unüberhörbare Aufruhr hatte damit begonnen, dass sich die Stanniolengel, die man über der großen Einkaufsstraße der Stadt aufgefädelt hatte, losrissen und ungeachtet ihrer Wunden

Ein wild bewegter Reigen

Klebefolienengel

frei und ungebärdig durch die Stadt flogen. Sie halfen den Klebefolien-Engeln, sich von den Schaufenstern zu lösen, und brachen die Engel aus Holz, Plastik und Papiermaché von den Krippendächern. Jetzt versammelten sich alle zu einer machtvollen Kundgebung auf Pflastersteins Platz.

Wir haben nichts zu verlieren! rief der Anführer, ein Rauschgoldengel, dem ein wenig Persönlichkeit und Eigenart verblieben war. Wir leben nicht. Wir sind nicht echt, wir stellen nichts Gültiges dar. Erhört uns der Himmel nicht, dann gehen wir eben zur Hölle. Die echten Engel riefen angesichts dieser bedrohlichen Entwicklung eine Krisensitzung ein, versammelten sich vollständig auf einer Nadelspitze und beschlossen, ungeachtet eines göttlichen Richtspruches, eine Solidaritätserklärung. Jubel brach unter den künstlichen Engeln auf dem kleinen Platz aus, und der Himmel war dicht erfüllt von ätherischem Flügelschlag. Wenig später musste sich auch die höchste himmlische Ordnungsmacht zur Befreiung der synthetischen Engel bekennen. Es gab ein großes Fest, auf dessen Höhepunkt ein Erzengel die revolutionäre Feststellung traf, einem Engel sei Herkunft, Herstellungsverfahren und Material nicht vorzuwerfen. Jedem gebühre ein Platz unter den himmlischen Heerscharen. Natürlich gab es Integrationsprobleme, aber da Engel nun einmal keine Menschen sind, fanden sie bald zueinander.

Tieferwärts geriet das Weihnachtswirtschaftswachstum allerdings in eine böse Krise. So ganz ohne Engel war das Angebot in den Geschäften nicht attraktiver als sonst im Jahr. Ein führender Weihnachtswirtschaftsforscher schuf ein kühnes, bald allgemein gebräuchliches Bild: Weihnachten ist Schnee von gestern. Auf der Suche nach Gegenstrategien gab es sogar ein informelles Treffen mit dem Höllenfürsten, in der Absicht, das recht beliebte Krampustreiben über Weihnachten hinweg auszudehnen und das nun fehlende Dekor mit künstlichen Teufelchen auszustatten. Immerhin, argumentierten die Werbestrategen, hätte Luzifer als gefallener Engel eine zwar destruktive, aber sinnliche Esoterik anzubieten. Doch alle hastig ergriffenen Marketing-Instrumente versagten ihren Dienst. Ratlos und ohne jede Kauflust standen die Menschen vor den Schaufens-

Destruktive, aber sinnliche Esoterik

tern, erschrocken blickten sie einem Fest entgegen, das ohne Dekor plötzlich seine Inhalte verloren hatte. Die kühlen, sachbezogenen Pragmatiker strichen Weihnachten einfach aus ihrer Kalkulation, jene, die tüchtig, klug und manchmal ja doch ein wenig sentimental waren, versuchten, altes Blechspielzeug und betagte Puppen anzubieten, und die wenigen, die an das Wunder glaubten, suchten auf staubigen Dachböden und in alten Kästen nach Spuren einer verlorenen Unschuld.

Es war doch, so erinnerten sich viele, ein ganz großes Erlebnis gewesen, Pakete zu öffnen. Also versuchte man es immer wieder: Panzerschränke wurden zu den Klängen bewährter Weihnachtsweisen geknackt, doch das Ergebnis war sehr irdisch. Die Regierung öffnete mit verbissenem Eifer Maßnahmenpakete, dumpf ahnend, was dabei herauskommen würde. Menschen packten einander aus, doch auch diese Nacktheit war kein Geschenk.

Eines Tages kam ein völlig zu Recht unbekannter Philosoph auf die Idee, dass die Pflastersteine, von denen es in der Stadt doch wirklich genug gäbe, schon von der äußeren Gestalt her nichts anderes als Schachteln wären – ein wenig härter eben als das übliche Verpackungsmaterial. Die Menschen, hungrig nach Inhalten, versuchten also auszupacken, was sich in den Pflastersteinen verbarg. Das Ergebnis waren scharfkantige Steine, grober Kies, feiner Kies, und Sand, in den verschiedensten Körnungen. Den Pflastersteinen gelang der glaubhafte Nachweis, dass ihre Oberfläche mit ihrem Inhalt ident sei.

Die Menschen resignierten, und so blieb auch Pflasterstein auf seinem kleinen Platz unbehelligt und würde vielleicht noch heute träumen, wäre da nicht plötzlich jener irgendwann gedachte, zerstörerische kleine Bub mit seinem spitzen Werkzeug erschienen. „Hallo Pflasterstein!“, krähte er fröhlich. „Ich pack dich aus!“ Pflasterstein dachte noch: Da haben wir die Bescherung. Dann spürte er den ersten schmerzhaften Schlag und wachte auf.

Es war längst Abend geworden. Weihnachtsabend. Die Häuser hatten gelbe Fenster, und dahinter wurden Geschenke ausgeteilt. Die Weihnachtsbäume standen still im Kerzenlicht, und

Auch nur
eine Schachtel

keiner von ihnen wagte es, zu tanzen. Die künstlichen Engel hingen brav an ihren Befestigungen, und auf dem kleinen Platz rund um Pflasterstein war es ganz ruhig.

Pflasterstein spürte unvermutet Ungewöhnliches und erschrak: Irgendetwas, die rasche Folge von Tauwetter und Frost vermutlich, hatte seinen festen Sitz gelockert. Vorhin, als einer der wenigen Menschen, die an diesem Abend den Platz überquerten, auf Pflasterstein getreten war, hatte er sich bewegt. Nun stellte sich natürlich die Frage, ob diese Beweglichkeit eine wünschenswerte neue Eigenschaft war oder eine bedauerliche und Besorgnis erregende Minderung seiner existentiellen Sicherheit.

Pflasterstein hatte noch keine Antwort gefunden, als jener Spatz auf ihm landete, den er von früher her kannte. Er war allerdings noch leichter als sonst, eigentlich gewichtslos, und er trug ein seltsames, weit geschnittenes Nachthemd. „Ich habe den Winter dann doch nicht geschafft“, berichtete er munter. „Aber man kommt als Engel ohnehin leichter durch.“ Pflasterstein widersprach nicht, obwohl für ihn die

Existenz eines Engels noch weniger nachvollziehbar war als die eines Spatzen.

Pflasterstein dachte lange nach. Dann gestand er sich ein: Es hat sich etwas geändert. Ich kann bewegt werden. Aber der Engel war schon nicht mehr da.

Pflasterstein schaute zu den gelben Fenstern hoch, die rechte Winkel hatten wie er. Er dachte an die Menschen, wie sie dicht nebeneinander saßen und schwiegen, und fühlte sich ihnen seltsam verwandt. Vielleicht, wenn der schöne Film im Fernsehen vorbei war, würde eine kleine, bewegte Zeit zwischen Abend und Nacht kommen, in der sie einander mehr vertraut waren als sonst, die Ecken und Kanten in weiche Müdigkeit verpackt. Da gäbe es dann Gespräche, Berührungen, ganz kleine Wunder.

Eine schwerfällige, vorsichtige Fröhlichkeit kam über Pflasterstein, er fühlte sich unverschämt wohl in seinem festen Geviert und genoss die Beständigkeit seiner Beziehungen umso mehr, als er nun wusste, dass sich alles ändern konnte, setzte nur jemand den Fuß auf ihn.

Es änderte sich alles, aber es änderte sich nur ein wenig.

Eigentlich gewichtslos

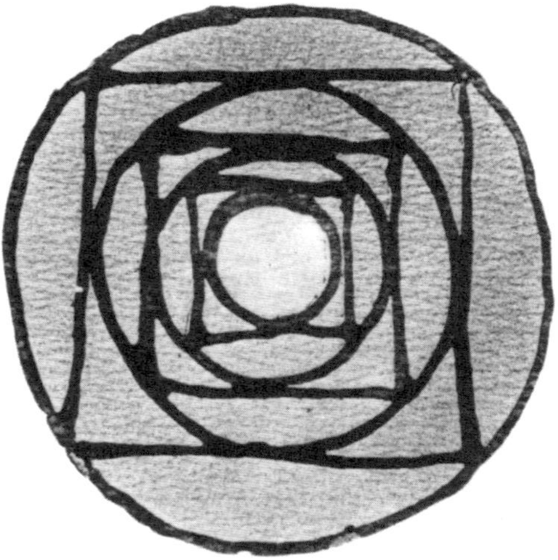

Pflastersteins Bewegung

Fast übermütig geworden, fand sich Pflasterstein bereit, diese neue Dimension in die Ordnung seines Daseins zu fügen.

Kurz bevor er einschlief, wandte er sich noch einmal dem Himmel zu, und wäre es nicht Nacht gewesen und sehr dunkel, hätte er die unzähligen Engel erkennen können, alle in der Gestalt geflügelter Pflastersteine. So aber sah er nichts und fand das ganz in Ordnung.

Otto der Weihnachtsrabe

Otto hatte die Menschen gern und lachte mit ihnen, aber er freute sich auch über nebelsanfte Stille, dunkle, spröde Einsamkeit. Er mochte die laute Stadt und lärmte mit ihr, doch fand er auch wintermüde Wiesen schön, stumme Bäume und ihr heimliches Leben nach innen.

Man konnte nicht recht sagen, ob er alt war, oder jung, ob er ein Stein war, ein welkes Blatt, der Schatten eines Liedes, oder eine Einsamkeit, weithin offen für alle, die den Schlüssel finden wollten.

Er war ein wenig schwierig, zugegeben. Er suchte Nähe, ohne sie wirklich zu brauchen, er brauchte Menschen, ohne sie wirklich zu suchen, und er fürchtete nichts so sehr, als eines Tages keine Angst zu haben. Dann trat er wieder hin vor alle, die ihn sehen und hören wollten, verlachte ihre Gedanken und dachte über ihr Gelächter nach.

Er hatte einen Beruf und was so dazu gehört. Er hatte ein Dach über dem Kopf, Boden unter den Füßen und ein paar Ziele vor den Augen: vernünftige und unvernünftige, gleichermaßen wichtig.

Das war schon immer so gewesen und er kam leidlich zurecht damit. Diesmal war alles anders.

Schon in den ersten Dezembertagen begann er damit, dunkler zu werden. Sein Kopf füllte sich mit behaglichen Schatten, in seinen Augen wohnten kleine Monde. In seinem Bauch rumorte tausend und eine Nacht und in Händen drehte er verlegen eine rabenschwarze Sehnsucht, hatte Angst sie zu verletzen, ihr kleines Feuer auszulöschen.

Seinen Träumen waren dunkle Flügel gewachsen. Nacht für Nacht fiel er aus dem tiefen Himmel recht unbeholfen in jedermanns Wirklichkeit.

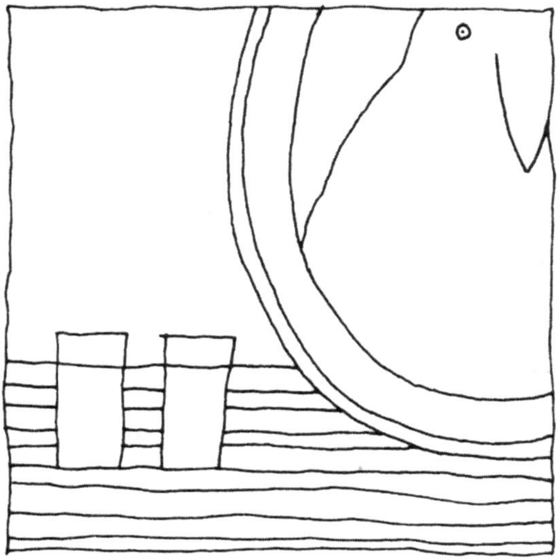

Eines Morgens entdeckte er eine schwarze Feder hinter seinem linken Ohr. Tags darauf schaffte er es schon, sich freundlich düster aufzuplustern, und als er am dritten Tag in den Spiegel schaute, stand ein leidlich stattlicher Rabe vor ihm, Otto mit Namen.

Er machte sich vorerst kaum Gedanken, hatte er doch ohnedies genug damit zu tun, aufzufliegen und sich halbwegs korrekt durch die Lüfte zu bewegen.

Bald darauf landete er in einem Park, den er gut kannte, auf einer Wiese, deren Betreten verboten war: für Menschen, nicht für Raben.

Da stand er nun, der Abend war dicht und still um ihn. Um diese Zeit trank er gewöhnlich Bier und redete mit Leuten, ohne viel zu sagen und ohne wirklich hinzuhören. Nicht, dass er es vermisst hätte, nicht, dass er angesichts seiner neuen Gestalt traurig und verwirrt gewesen wäre ... oder doch, ja, ein wenig, aber es tat nicht weh.

Er ging ein paar unbeholfene Schritte, blieb stehen, senkte den großen Schnabel und überlegte. Ein wenig war er ja immer schon Rabe gewesen, still und verschroben im Gemüt, nicht sehr farbenprächtig, wenn's darum ging, zu glänzen oder zu imponieren. Andererseits fühlte er, dass er nicht ganz echt geraten war. Er hatte jene, die er kannte, mochte oder liebte, nicht vergessen, er hatte verdächtig wenig Lust auf die Gesellschaft anderer Raben, und er hatte immer noch mehr Interesse an menschlichen als an tierischen Belangen.

Und dann noch diese seltsame Zeit im Jahr: der Advent, Weihnachten ... es war immerhin anzunehmen, dass zwischen Ochs und Esel und Stern der Verheißung auch ein Rabe Platz hätte, doch nur so nebenbei, ohne biblische Bedeutung. Auch hatte man wenigstens weiß oder rosa gefiedert zu sein, wollte man dem geflügelten Volk des Himmels keine Schande bereiten. Auch die lieblichen Weisen, die es zu singen gab bei derlei Anlässen ... Otto krächzte probeweise und hielt fortan den Schnabel.

Was wohl die Menschen zu ihm sagen würden, die ihn gekannt hatten und ihn wohl nicht mehr kannten?

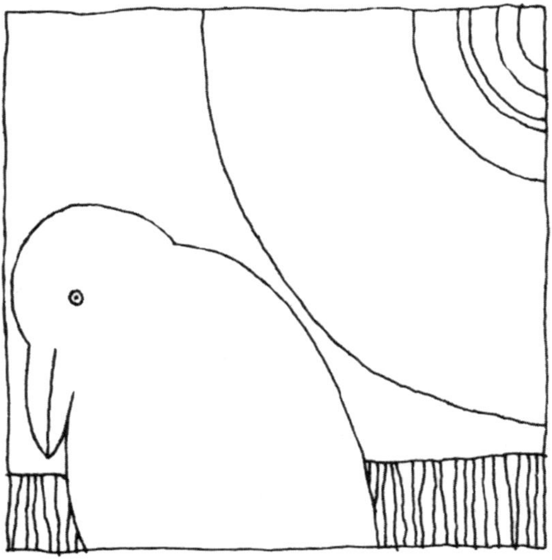

Und sein Beruf? In der Unternehmensphilosophie fände er vielleicht noch Platz, als schräger Vogel. Aber das Leistungsprofil? Das Gehaltsschema?

Es war so viel, das mit einem Mal unmöglich, ja undenkbar schien, dass der Rabe plötzlich stehen blieb: die undurchsichtig gewordene Nacht wie eine Mauer dicht vor den Augen. Er hatte Angst. Kein unbestimmtes Gefühl, sondern klare, fast wütende Angst, die Schatten und Nebel zerriss und ihm verbot, die Augen zu schließen oder nicht hinzuhören.

Morgen, spürte er sich denken, wird es keine Gemüsefrau geben, die mit dir reden wird, über das Wetter, oder über ihren Mann, der säuft. Es wird kein Freund da sein, der dich nimmt und schüttelt, wenn du einen brauchst. Es wird kein Fräulein geben, das du fangen könntest und freilassen, weil es ja doch nicht mehr gehen will.

Es wird nicht einmal einen mürrischen Beamten geben, der dich beengt in seinen Akten wohnen lässt.

Der Rabe fror. Es war kein schöner, winterkalter Advent, in dem es sich behaglich frösteln ließ, im Gedanken an Feuer, Wunder und rote Äpfel.

Feiner Regen stäubte durch den späten Nebel, die Luft roch schmutzig, und der große, bunte Engel am Kaufhaus gegenüber war an die Wand genagelt worden, das tat weh.

Na und? versuchte Otto zu denken, was schert dich das alles, Rabenvieh? Du wirst es eben lernen, Dinge schön zu finden, die Raben schön zu finden haben. Du brauchst nur noch dir selbst zu genügen. Keine Miete, die du bezahlen musst, keine Frage, der du eine Antwort schuldest, kein Lächeln, es zu erwidern.

Jetzt traf ihn auch keine Mitschuld mehr an diesem seltsam gewordenen Fest der Liebe, weil er die Liebe, wie sie hierorts gehandelt wurde, ja nicht bezahlen konnte.

Ob ihn jemand vermissen würde? Bestimmt alle, die früher Geld von ihm bekommen hatten. Ganz sicher jene, für die er von Vorteil gewesen war.

Schon möglich, dass es auch Menschen gab, die ihn wirklich mochten. Sie würden sich fragen, wo er denn bliebe, erst einmal Umschau halten und dann – weil sie ihn mochten – nicht

weiter suchen und geduldig warten, bis er wieder Freude daran hatte, da zu sein.

Otto wurde noch ein wenig schwärzer, er steckte den Schnabel ins Gefieder, so fest, dass er ihn spüren konnte.

Wenn Menschen Schafe über Zäune springen ließen, um einzuschlafen, was taten Raben?

Höchst erstaunt stellte Otto fest, dass Raben tief und traurig seufzen konnten.

Irgendwie hatte er dann doch geschlafen. Nicht ganz nach korrekter Rabenart, wie er vermutete, aber das war wohl halb so wichtig.

Raureif lag auf den Wiesen, der Morgennebel war dicht und schwer und würde wohl bis zum Abend bleiben.

Der Rabe schlug ein paar Mal die Flügel, ohne fliegen zu wollen, tat ein paar schwankende Schritte und blieb endlich am Rand eines schmalen asphaltierten Weges stehen.

Ob es schon Menschen gab, im Park, so früh am Morgen? „Warum auch nicht?“, murmelte er und lauschte im gleichen Augenblick erschrocken seiner Stimme nach: Er hatte es nicht verlernt, zu reden!

Ich bin also, überlegte er verwirrt, ein unwahrscheinliches Tier. Oder ein unmöglicher Mensch. Ob er sich der Wissenschaft zur Verfügung stellen sollte? Wenn ja, dann welcher Fakultät? Oder war er mehr für die Bühne geschaffen, oder gar für den Jahrmarkt: ein handliches Ungeheuer, ein eloquentes Paradoxon?

Während er so unbeholfen seinen Gedanken nachspürte, hörte er Schritte, und weil das Geräusch plötzlich verstummte, blickte er auf: ein Mensch, das musste ja so kommen.

„Hallo, Rabe“, sagte der Mensch, der ein Fräulein war.

„Hallo, Fräulein!“, sagte der Rabe. Und nach einem verlegenen Schweigen: „Ich sollte mich jetzt fürchten, oder wenigstens verwirrt sein, nicht wahr? Und ich bin eine Erklärung schuldig!“ Er trat nervös vom einen auf das andere Bein.

„Nicht mir.“ Sie lächelte.

Er versuchte das Lächeln zu deuten: Ein wenig kindliche Naivität war darin, Süßigkeit, die ihn verlegen machte, und so etwas wie unverfrorene Unschuld. Er legte den schwarzen Kopf schief.

Dann lachte sie. „Es ist ja nur: Ich rede so selten mit Raben! Vielleicht“ – sie versuchte seinen schief gelegten Kopf nachzuahmen – „sollte ich’s üben?“

Er dachte an seine Flügel. Fortfliegen, das wäre eine Antwort, eine zumindest, die diesem Menschen da beweisen konnte, dass es mehr gab, als mit beiden Beinen auf der Erde zu stehen. Dann dachte er an den vergangenen Abend und hatte plötzlich Angst, einen zweiten wie diesen zu erleben. „Wenn’s recht ist“, er gab sich spröde, „begleite ich Sie ein Stück.“

Sie schloss die Augen und dachte nach.

„Es muss ja nicht sein“, sagte er krächzend, „es gehört sich wohl auch nicht, mit einem Raben ...“

„Es ist nur ...“, jetzt rieb sie ihre Nasenspitze, „ich weiß nicht, ob Sie auf meiner rechten oder meiner linken Schulter sitzen wollen.“ Als sie seine Verlegenheit bemerkte, fügte sie rasch hinzu: „Außerdem muss ich in die Stadt, Weihnachtseinkäufe und so.“

Er legte den Kopf nach der anderen Seite schief. Jetzt wäre es eigentlich an der Zeit, ihr zu sagen, dass er ein nicht ganz echter Rabe sei.

Aber das war doch offensichtlich. Und dann wäre zu erwähnen, dass es im Grunde genommen nicht seine Art wäre, sich auf fremde Schultern zu setzen. Ja, und was die Weihnachtseinkäufe betraf: Da wolle er doch ganz bestimmt nicht hinderlich sein. Er schwieg noch ein Weilchen, dann schlug er die Flügel und landete auf ihrer linken Schulter.

Sie nickte unmerklich, als hätte sie nur darauf gewartet, und machte sich auf den Weg.

Erst bemerkten nur wenige Leute die beiden und wandten sich ab, weil sie befürchteten, sich darüber Gedanken machen zu müssen. Im belebten Zentrum gab es dann doch einiges Aufsehen. Die meisten hielten das Fräulein ganz einfach für ein wenig verdreht, dachten sich ihren Teil und zuckten mit den Schultern. Andere fühlten sich zu scherzhaften Bemerkungen angeregt und endlich gab es welche, die stehen blieben und fragten, ob man das liebe Tier streicheln dürfe.

„Ach sind Sie doch so freundlich und lassen Sie gefälligst die Finger von mir“, krächzte Otto.

Das Fräulein fühlte sich von alldem nur wenig gestört. „Raben haben es gut“, seufzte es. „Sie brauchen wohl niemanden zu beschenken.“

„Vielleicht würden sie es aber gerne tun?“, antwortete er, um irgendetwas zu sagen.

Sie blieb betroffen stehen. „Tut mir leid. Wer kennt sich schon aus, mit Raben?“

Otto hatte sie nicht in Verlegenheit bringen wollen. „Wir Raben“, sagte er leichthin, „sind mit uns selbst nicht ganz im Reinen. Rabenschwarz, auch innerwärts ...“

Sie warf einen kurzen Blick auf ihn. Seltsam: Unten, am runden Bauch, war eine weiße Feder ...

Otto fühlte sich eigenartig. Das mochte vor allem daran liegen, dass er als Mensch wohl kaum auf die Idee gekommen wäre, auf der Schulter eines Fräuleins Platz zu nehmen. Aber was, wenn doch? Es wäre, dachte er belustigt, auch die linke Schulter gewesen.

Er saß recht bequem, zugegeben, das Fräulein ging für ihn, er konnte die Schritte spüren und hielt sich am dicken, weiten Mantel fest. Wäre der Stoff nicht ganz so dick, überlegte er heiter, könnte ich Angst haben, ihr mit meinen Krallen wehzutun. Dann wäre es wohl kaum zu vermeiden, sich fest an ihre Wange und an ihr Ohr zu drücken, um das Gleichgewicht zu halten. Wie er sich wohl anfühlte, als Rabe? Nicht eben flauschig, zugegeben, aber er könnte ja ein wenig sein Gefieder sträuben, um weicher zu werden. Unsinn, aber schön. Jedenfalls, überlegte er weiter, würde er heute Abend vermutlich der einzige Rabe sein, der nach Fräulein roch.

Er stellte sich vor, wie sie morgens je einen Tropfen Parfum hinters Ohr getupft hatte, mit halb gelangweilter, halb verspielter Gebärde.

Ob sie wohl Freunde hatte? Natürlich hatte sie. Einen darunter, den sie besonders mochte oder gar liebte? Doch das war für einen Raben unerheblich, auch für einen, der nicht ganz echt war. Trotzdem war Otto mit einem Mal schlecht gelaunt. Vorsichtig zupfte er an einer Locke.

„Ja?“ Die Stimme des Fräuleins klang ein wenig unwillig.

„Ich nehme an, ich störe“, sagte der Rabe.

„Warum auf einmal?“

„Vielleicht bin ich zu schwer? Oder zu schwarz? Oder zu kalt? Oder zu rabenartig? Ganz bestimmt bin ich das." Es klang traurig.

„Nichts von allem!", lachte sie gut gelaunt und schwieg dann.

„Nichts!", dachte der Rabe. „Das ist es! Ich bin nicht einmal wichtig genug, um zu stören." Dann duckte er sich, senkte den Schnabel und versuchte, so verdrossen wie nur möglich zu wirken. Das gelang ihm derart gut, dass er plötzlich über sich lachen musste.

„Na also", dachte das Fräulein.

Es war nicht ganz so einfach gewesen, mit den Weihnachtseinkäufen. In manchen Geschäften war man der Meinung, Raben müssten wenigstens an der Leine geführt werden, Kaufhausdetektive wurden bei Ottos Anblick von wildem Argwohn erfasst und andere fanden den großen, schwarzen Vogel schlichtweg geschmacklos, vor allem in der Weihnachtszeit ...

Irgendwann sagte Otto, jetzt müsse er wohl gehen, oder besser gesagt fliegen, und das Fräulein meinte, das könne er halten, wie er wolle, nur: Er wäre doch sicher hungrig und sie auf dem Weg nach Hause, wo es bestimmt etwas zu essen gäbe, auch für Raben.

Sie wohnte allein, das sah er an ihrem Türschild. Sie war aber nicht allein, das hörte er, als sie ins Zimmer kamen.

„Bei allen Weihnachtsmännern!", rief eine dunkle Stimme, „du hast ja schon einiges nach Hause gebracht, aber ein Rabe ist ziemlich neu!"

„Ja", sagte sie. „Ziemlich."

„Entschuldigen Sie bitte die Störung!", krächzte Otto leise.

Erst lachte der junge Mann. Dann fasste er den Raben näher ins Auge: „Du bist mir vielleicht ein seltsamer Vogel, kannst du denn wirklich reden? Ich meine, vernünftig?"

„Wie man's nimmt. Es ist wie bei den Menschen."

„Schon gut." Er war ein wenig nachdenklich geworden. „... und was bringt dich auf ihre Schulter?"

„Meine Flügel", sagte Otto schlicht.

„Die DIR fehlen, mein Lieber!" Das Fräulein lachte leise.

„Rabenvieh!", sagte der junge Mann, es sollte herzlich klingen.

„Ich sagte es schon“, Ottos Stimme klang traurig, „entschuldigen Sie bitte die Störung …“

Stunden später ging der junge Mann, er war sehr erfolgreich in seinem Beruf und musste früh aus dem Bett. Er küsste das Fräulein auf die rechte Wange, weil auf der linken Schulter immer noch Otto saß, und dann auf den Mund, weil er irgendwie glaubte, das müsse jetzt sein.

Dann fiel die Tür ins Schloss. Eine seltsame Stille machte sich breit: Es gab nicht viel zu sagen, es gab noch weniger zu tun.

Der Rabe löste sich vorsichtig von ihrer Schulter, und erreichte mit zwei, drei Flügelschlägen die Lehne eines Sessels.

„Zeit, den Kopf schief zu legen, hm?“ Sie lächelte wieder.

„Ist es sehr schwierig, Raben ernst zu nehmen?“

„Nein.“

„Aber es ist schwierig, sie zu behalten?“

„Ja, schon.“

Sie öffnete das Fenster. Dann überlegte sie, wie Raben schliefen, und wo. Sie spürte, wie die Nacht ins Zimmer drängte, kalt und fordernd. Gleichviel, sie sah, dass er fortfliegen wollte. „He, Rabenvieh!"

Er wandte den Kopf.

„Ich lüfte morgen früh um sieben. Aber nur fünf Minuten!"

Wenig später flog Otto nun schon mit einiger Gewandtheit durch die Nacht und sie schien ihm heute ein wenig anders. Aber vielleicht lag es einfach daran, dass er sich nicht im Park, sondern über den Geschäftsstraßen bewegte, wo noch immer Lichter strahlten, bunt geschmückte Christbäume leuchteten, Engel aus Metall den vielfachen Schein widerspiegelten.

Weihnachten ... kein Fest für Raben, auch nicht für die von der sonderbaren Sorte. Und was das Fräulein betraf: Es war sehr schön gewesen, auf der linken Schulter, und er hatte es warm gehabt, bei ihr zuhause. Jetzt war sie wohl eben dabei, ihn zu vergessen.

Aber – hatte sie nicht gesagt, wenn auch im Scherz, er habe Flügel, der andere nicht? Und: Wie war das, mit morgen, sieben Uhr früh, nur fünf Minuten? Ich bin nicht nur ein Rabe, sondern auch ein Esel, dachte Otto belustigt und beschloss, in der Nähe einer Kirchturmuhr zu übernachten.

Sie hatte ihn herzlich begrüßt am Morgen darauf, aber er spürte, dass die Entfernung größer geworden war, zwischen ihm und ihr, nicht sehr, aber doch.

Sie fing an zu erzählen, vielleicht nur, um zu reden, oder, weil ein Rabe einer war, dem man alles sagen konnte, weil er ohnedies nichts damit anzufangen wusste. Sie erzählte von den Märchen, die sie verlieren musste, weil es die Eltern so wollten, von den Träumen, die sie verleugnen musste, weil es die Lehrer für besser hielten. Sie redete auch von Weihnachten. Ein schönes Fest, warm und tief, noch immer. Für sie wenigstens. Viele glaubten nicht mehr so recht ans Heil der Welt und hätten alle Hände voll damit zu tun, Geschenke gegeneinander aufzurechnen. Als ob es nicht das Einfachste der Welt wäre, sich selbst ein wenig herzuschenken.

Otto ertappte sich bei dem Gedanken: Das können auch Raben. Er dachte auch gleich weiter: Sie könnte meine weiße Feder haben.

„Nein!“, schwieg sie lächelnd: „Die brauchst du noch.“

Es war Sonntag, Adventsonntag. Sie sagte, es wäre doch schön, der Stadt den Rücken zu kehren, dem Lärm davonzulaufen und sich ein wenig in der Stille zu verirren, da draußen …

Er sagte, darin habe er so seine Erfahrungen und er wisse auch, wohin, weil er dort ein wenig zuhause sei, oder auch sehr.

Als die beiden in den Autobus stiegen, der sie vor die Stadt bringen sollte, war’s ein wenig wie Flucht. Sie löste auf den fragenden Blick des Fahrers zwei Fahrkarten, und während der noch überlegte, wie das zu vereinbaren sei, mit den allgemeinen Tarif- und Beförderungsbestimmungen, saßen die zwei schon in der letzten Sitzreihe, was Otto sehr vernünftig fand, geriet hier doch keiner in Versuchung, ihn am Schwanz zu ziehen.

Endstation: ein Dorf, nicht eben schön, ein wenig abweisend, das Leben versteckt hinter vorsorglich geschlossenen Türen. Felder, nur ein paar Schritte weiter, schwarz, braun, dann wieder weiß, mit schütterem Schnee bedeckt. Ein

weiter, weicher Himmel, den die Bäume berühren dürfen.

Er war jetzt Rabe wie nie zuvor, und sie ein wenig fremd, neben ihm. Er spürte, dass die Einsamkeit hier draußen freundlich war und die Kälte es gut meinte mit seinesgleichen. Das Fräulein hatte ihn mit nach Hause genommen, gestern, heute war es bei ihm zu Gast. Er drängte sich ein wenig an ihre linke Wange: kalt? Ja, schön ...

Dann rief er sich zur Ordnung. Das Feld hier, erzählte er gut gelaunt, gehört einem Bauern, mit dem ich Freund war, oder – er zögerte – immer noch bin. Er hat vor sieben Jahren zu mir gesagt: Lass gut sein. Und ich habe geantwortet, nach einem Jahr: Danke. Seitdem schweigen wir oft miteinander und es gibt viel dabei zu erzählen.

Der dort, mit dem wirren Haar, und nicht ganz sicher auf den Beinen, weil er schon wieder getrunken hat, war früher ein Baum. Sie haben ihm die Wurzeln gestohlen und ihm dafür ihr Gelächter gegeben. Und der Pfarrer, musst du wissen, ist vor einem Jahr einem Engel ins Gefieder geraten, seitdem hat er den

Himmel im Kopf und ein fröhliches Fegefeuer in der Seele.

Dann wurde er still. Trotz der tiefen Wolken konnte man die Sonne ahnen, so als habe einer behutsam eine runde, graue Fläche blank gewischt, um sie leuchten zu lassen.

Er dachte: In dieser Sonne würde auch Ikarus nicht verbrennen.

Sie dachte: Er kann doch fliegen, warum sitzt er da?

„Es gibt uns beide nicht", sagte er nach einer Weile. „Es gibt auch das Land nicht, rund um uns. Jemand treibt Spaß mit unseren Bildern und hat sie vor schöne Kulissen gestellt."

„Ach, halte doch bitte den Schnabel", sagte sie und streifte ihn von der Schulter.

Er war so überrascht, dass er vergaß zu fliegen und für Augenblicke hilflos auf dem kalten Boden landete: ein wirres Bündel Federn.

Sie achtete nicht weiter auf ihn und schaute der Sonne zu, wie sie blass, mit unscharfen Rändern, langsam in einem Feld versickerte, drüben am Horizont.

Es war kalt geworden. Bald würde es dunkel sein. Sie schaute auf die Uhr: noch zwanzig

Minuten bis zum nächsten Autobus zurück in die Stadt. Und sie hörte seine Stimme von oben, aus der kahlen Krone eines Baumes: „Nur eine Fahrkarte, bitte. Ich bleibe.“

So blieb er, sträubte mit grimmigem Wohlbehagen sein schwarzes Gefieder und wartete auf die Nacht, war er doch gerne allein, liebte er es doch, ungeachtet aller Welt, in sich zu wohnen, in sich zu stöbern, zu erträumen, was doch wenigstens sein könnte.

Was brauchte er dafür eine Schulter, eine linke, noch dazu?

Woran das Fräulein wohl dachte, in diesem Augenblick? An den jungen Mann mit der sanften Stimme? An die vielen Menschen, denen sie etwas schenken wollte, aus welchen Gründen auch immer?

Der Rabe klammerte sich unwillkürlich fester an den Ast, der ihn trug, verwuchs mit ihm und endlich verstummte auch seine leiseste Bewegung.

Er konnte die Lichter des Dorfes sehen, ein weiter Bogen, als wäre ein schwarzes Meer zwischen ihm und dem Ufer. Und die Stadt? Sie lag hinter dieser Welt, war nicht weiter von Bedeutung.

Warum sollten ihm offene Fenster etwas bedeuten, waren doch auch offene Türen nie wichtig für ihn gewesen? Wozu reden, wenn er auch schweigen konnte? Wozu sich die Flügelspitzen verbrennen, wenn er auch zu frieren vermochte?

Er ballte sich zu einer schwarzen Kugel. Dann schalt er sich einen Narren und flog in die Stadt.

„Grüß dich, Rabenbraten!“ Sie war dabei, Frühstück zu kochen.

„Es wäre schön gewesen“, sagte er leise, „wenn auch du hättest bleiben können, heute Nacht.“

„Schon möglich ...“, sie stellte Brot auf den Tisch. „Aber der letzte Autobus.“

„Vielleicht ...“, er pickte ein paar Krümel auf, „gibt's Wunder, die besser nicht geschehen?“

Da nahm sie ihn in beide Hände und drückte ihn ziemlich fest.

„Danke auch“, sagte Otto und flog seiner Wege. Er landete im Park, den er gut kannte, auf der

Wiese, deren Betreten verboten war, für Menschen, nicht für Raben. Dann ging er ohne Grazie, doch zielstrebig hinter ein Gebüsch, das auch jetzt, im Winter, Blätter trug, sich dort die schwarzen Federn auszurupfen.

Nicht ohne Befriedigung bemerkte er, dass ein recht manierlich gekleideter Mensch zum Vorschein kam.

Er schaute auf die Uhr: halb acht! Das reichte fürs Büro. Nachmittag nahm er sich ein paar Stunden frei, um noch rasch Geschenke zu besorgen: einen rabenschwarzen Engel, ein rabenschwarzes Wunder und eine rabenschwarze Nacht. Das alles trug er am Abend vor des Fräuleins Tür, klopfte manierlich und sagte, als geöffnet wurde: „Otto. Vormals Rabe. Und entschuldigen Sie bitte die Störung."

Sie freute sich und lächelte, und lehrte ihn auch so das Fliegen.

☆

Niemandsnacht

Es hatte den ganzen Tag geregnet, der schmutzige Schnee war verschwunden. Am Abend wurde es ein wenig kälter, der Regen schlief ein, und wenn Wind aufkam, war es, als wische jemand verdrossen mit einem nassen und nicht sehr sauberen Fetzen über die Stadt. Er, leidlich erfolgreich und angemessen glücklich, hatte das Büro verlassen und war mit dem Taxi zum Bahnhof gefahren. Zeit, dass er nach Hause kam, um den Weihnachtsabend nicht zu versäumen.

Den Advent hatte er schon versäumt. In einer Welt, in der nur Leistung wirklich galt, konnte es sich keiner leisten, ohne vernünftige Begründung innezuhalten und still auf ein bescheidenes Wunder zu warten. So hatte er die Vorbereitung auf das kommende Fest penibel in

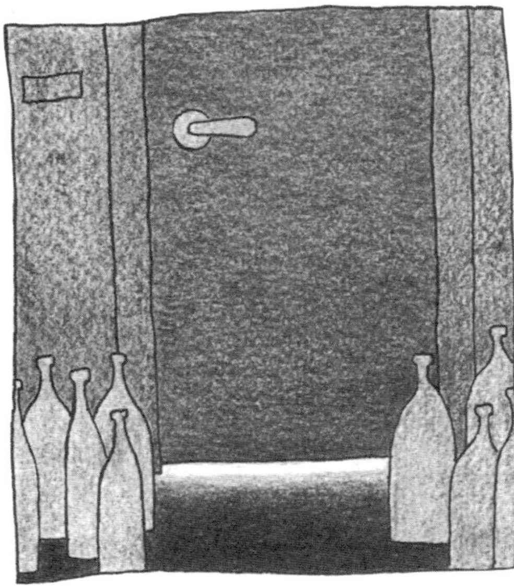

den Terminkalender eingereiht, rechtzeitig Geschenke gekauft und die Festtagspost erledigt. Auch die Firmenweihnachtsfeier war wieder einmal Vergangenheit: eine peinliche Sache, verordnete Zuwendung, die vermutlich motivieren sollte.

Er kaufte eine Tageszeitung, überblätterte die Friedensbotschaften, ärgerte sich über den ereignislosen Sportteil und widmete sich mit bemühtem Interesse den Börsenkursen.

Der Bahnhof roch nach kaltem Zigarettenrauch, nach Bier und Mensch, abgestandene Wärme und halbherzige Kälte mischten sich träge ineinander. Die meisten brachten hier gelangweilt eine banale Zwischenzeit hinter sich. Jene, die im Bahnhof blieben, weil es keinen Anlass gab, wegzufahren oder anzukommen, würden auch diesmal keinen seligen Rausch haben, sondern einen ganz gewöhnlichen, sentimental schon gar nicht. Trotzdem war ihre eindrucksvolle Erbärmlichkeit in diesen Tagen häufig Gegenstand öffentlicher Betrachtung: Der mitleidvolle Blick in menschliche Abgründe ließ den bescheidenen Gegenwert bürgerlichen Wohlverhaltens heller leuchten. Er dachte kurz darüber nach, wem seine Zuneigung mehr gehörte, den Gescheiterten oder den Angepassten, und stellte ein wenig erschrocken fest, dass es nichts zu verteilen gab. Nach und nach hatte er Gefühle der mühsamen und wenig effektiven Art durch unverbindliche Freundlichkeit ersetzt. Er war ein netter Mitmensch geworden und als Ehemann verlässlich, kalkulierbar und durchaus mitfühlend. Da stand er und wartete auf seinen Zug: eine gute halbe Stunde Fahrzeit, dann ein paar Schritte nach Hause, seine Frau, lieb, ein wenig müde und zerstreut, und dann dieser Abend. Wir werden es schon schön haben, sagte er halblaut, und es klang fast so, als habe er sich ein Leistungsziel gesetzt.

Wenige Minuten später war sein Zug da, er stieg ein, suchte ein leeres Abteil, zog den Mantel aus und nahm wieder die Zeitung zur Hand. Die Helligkeit des Bahnhofs verschwand, nach und nach verblasste die Stadt, Dunkelheit füllte das Fenster, ein paar Laternen zwischendurch. Er wunderte sich ein wenig, dass er den Schaffner noch nicht gesehen hatte. Normalerweise kam er knapp nach der Abfahrt, um die

Fahrkarten zu kontrollieren. Vielleicht saß er mit einem Kollegen zusammen und prostete ihm zu, weil Weihnachten war.

Widersinnig, dachte er, dieses festliche Gläsergetön, diese Fröhlichkeit, wo doch Maria und Josef durch anerkannt tüchtige Wirte mehrmals nachhaltig aus der Konsumgesellschaft Bethlehems in ein Randgruppendasein verwiesen worden waren. Sie besetzten dann eben einen Stall, der ihnen nicht gehörte. Stallbesetzer ...

Er war gerade dabei, diesen Gedanken recht originell zu finden, als der Zug hielt. Ein kleiner Bahnhof, er kannte ihn gut, kein Wunder, er sah ihn zweimal täglich. Allerdings schienen die Lichter heute trüber, und sie waren seltsam unruhig: das Wetter, was sonst. Plötzlich stand der Schaffner in der Tür. Er benahm sich aber nicht wie ein Schaffner, setzte sich dem Fahrgast gegenüber und schaute ihm durch dicke Brillengläser sanft und prüfend ins Gesicht. „Ich steige in B. aus", sagte der Fahrgast nach einer Weile unbehaglichen Schweigens. „Wollen Sie den Fahrschein sehen?" Aber der Schaffner schüttelte den Kopf. Dann nahm er ein altmodisches Kursbuch zur Hand und begann ohne

Hast mit einem dicken blauen Filzstift die Fahrpläne durchzustreichen. Es dauerte eine Weile, dann war er fertig, seufzte zufrieden und lächelte. „Sie werden sich fragen", sagte er unvermutet, „warum wir so lange hier halten." „Ja", sagte sein Fahrgast vorsichtig.

„Ja, allerdings", murmelte der Schaffner, „Fragen sind gut", und stand auf, um zu gehen, „besser jedenfalls als Antworten, die es immer nur fertigbringen, nahezuliegen."

Alter Narr, dachte der Fahrgast und las, wie um sich zu beruhigen, dann doch die Friedensbotschaft in der Zeitung: große Worte allenthalben, manche wohlmeinend in den Wind gesprochen, die meisten hohl, viele wohl auch gelogen. Aber es handelte sich bei Friedensbotschaften nun einmal um eine Ware, für die es zu Weihnachten einen besonders attraktiven Markt gab. Man sollte ehrlichen Geschäftssinn nicht verteufeln, überlegte er, und jene, die da schenken heute Abend, bekommen schließlich auch wieder Geschenke. Wer liebt, möchte dafür geliebt werden, und sogar Selbstlosigkeit fordert ihren Lohn, nur eben in jenseitiger Währung. Weihnachten mochte ein wertvoller Im-

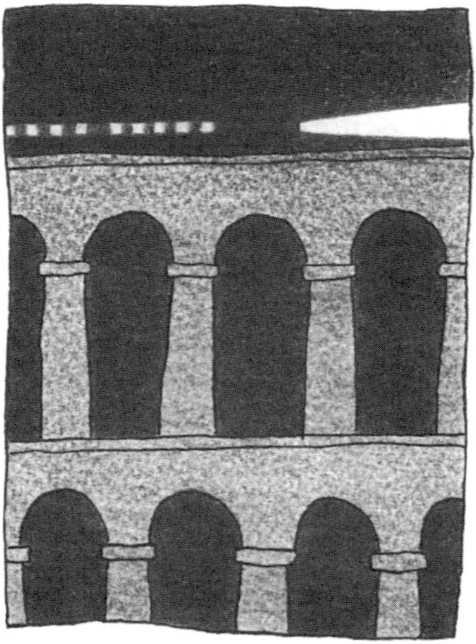

puls sein, war aber doch ein wenig irrational, alles in allem. Er für seinen Teil zog eine Welt vor, in der man sich mit dem Kopf zurechtfinden konnte. Züge, beispielsweise, dachte er so zwischendurch, sind beruhigend berechenbar: weisungsgebunden, fahrplangebunden, schienengebunden. Wer sich mit Zügen einlässt, darf auf Verlässlichkeit zählen. Es wäre undenkbar, geradezu lachhaft, einem Zug zu unterstellen, er könnte vom rechten Pfade abkommen. Allfällige Entgleisungen mochte es geben, doch waren ihre Ursachen nicht im System begründet. Es wäre auch ziemlich unwahrscheinlich, verhielte sich ein den Zug begleitender Beamter nicht seinen Dienstvorschriften entsprechend, Zug um Zug. Dieser seltsame Schaffner vorhin war dann wohl eine liebenswerte Spielart der allseits geachteten Norm, man sollte da nicht kleinlich sein, an einem Abend, an dem so vieles anders war, erst recht nicht.

Ein Blick aus dem Waggonfenster: Der Bahnhof war verschwunden, der Zug hatte unmerklich die Station verlassen, fast als hätte er sich fortstehlen wollen. Die Nacht war sehr dicht geworden, umschloss die Helligkeit der Waggons mit ihrer Schwärze, nicht bedrohlich, aber ernst, mit sanfter Unerbittlichkeit. Wie schön, dass dieses dunkle Ungeheuer draußen bleibt, dachte er behaglich. Hier, in der tüchtigen Welt auf Rädern, ist die Nacht auf ihr Bild im Fenster reduziert, abmessbar, mit rechten Winkeln und vier Ecken. Alles hatte seine Ordnung – wenn man davon absah, dass der Zug längst die Station hätte erreichen sollen. Verspätet, ausgerechnet heute Abend. Gut, seine Frau würde sich weiter keine Gedanken machen, sie wusste, er war mit dem Zug unterwegs, und Züge pflegten anzukommen.

Wie zufällig fiel sein Blick auf den Schaffner. Er hatte das Gangfenster geöffnet, riss Seite um Seite aus seinem Kursbuch und ließ die Blätter wie hektische, angsterfüllte Vögel in die Nacht flattern. Ungestüm drängte Kälte in den Waggon, wenig später war sie auch im Abteil zu spüren, gab der dumpfen, schläfrigen Wärme Konturen, weckte andere Gedanken auf, verdächtig sentimentale Gedanken. Aber er wehrte sich nicht gegen sie. Es hatte eine Zeit gegeben, viele Jahre zurück, in der es ihm unbän-

dige Freude machte, mit Gegensätzen zu leben, mit Schneebällen und Bratäpfeln, mit Eis und heißem Tee. Der Advent war gerade recht für Bubenträume gewesen, und der Tag vor dem Weihnachtsabend war Ofenhitze und Winterluft, helles, pausbäckiges Behagen und jene kühle Dunkelheit, in der das Wunder wohnte.

Heute zog er einen wohltemperierten Winter vor, ausgeglichene Empfindungen, und das ohnedies reichlich diffuse Wunder hatte er durch eine wohldosierte Prise Sentimentalität ersetzt.

Der Schaffner schloss das Fenster und lächelte dem Fahrgast zu: „Soll ich es schneien lassen?"

„Sie können das?", fragte er, um ihn nicht zu kränken. „Nicht so ohne Weiteres", sagte der Schaffner, „aber ich könnte versuchen, davon zu träumen. Träume eines pragmatisierten Schaffners sind Amtsträume und als solche verbindlich." Noch während er sprach, fielen die ersten Flocken. Schön, dachte der Fahrgast, es schneit, und gestand sich zögernd ein, dass er in diesem Augenblick gern als Kind vor dem Fenster gestanden wäre, Nase und Stirn an die kalte Scheibe gedrückt, oder neben seiner Frau, damals, als es noch beklemmend neu war, gemeinsam zu erleben. Früh genug erkannten die beiden, dass naives Staunen in einer erwachsenen Welt keinen Platz hatte. Die Optimierung ehelichen Gefühlslebens, diktierte die allumfassende Leistungsgesellschaft, sei doch viel eher im Rahmen einer gezielten Selbsterfahrungstherapie zu erreichen. Er rief sich zur Ordnung. „Der Trick mit dem Schnee war gut, mein Lieber, aber sollten wir nicht längst ... ich meine, die nächste Station?" – „Ach die." Der Schaffner putzte vergnügt die Brillengläser. „Wir fahren heute einen kleinen Umweg, über Vieldorf, Mehrdorf und Leerdorf, dann über Alleinstadt, Stummstadt und Starrstadt!"

„Ich werde erwartet", sagte der Fahrgast belustigt und doch ein wenig unsicher.

„Ja? Wirklich?" Der Schaffner stand auf und trat ans Fenster. „Es hat übrigens ein Unglück gegeben in Vieldorf", sagte er im Gehen: „eine Geschenkslawine."

Als der Zug in die Station einfuhr, waren Männer damit beschäftigt, bunte Pakete aller Art von den Geleisen fortzuschaffen, Pakete be-

deckten den Bahnsteig, quollen aus allen Türen und Fenstern, verstopften die Straßen, und der Kirchturm, der in ihrem Strom zu ertrinken drohte, läutete gellend um Hilfe.

Der Bürgermeister saß rittlings auf dem steinernen Löwen des Kriegerdenkmals und hielt eine Rede, die später berühmt werden sollte: „Ich kann euch für Weihnachten nichts geben. Ich kann euch für den Christbaum, wenn ihr nicht ohnedies einen aus Plastik mit elektrischen Kerzen habt, keine leise flackernden Träume geben. Ich kann euch keine Gaben für Weihnachten geben. Keine Freude am Brot, kein Behagen am Herdfeuer, keine Lust, die ungestraft bliebe. Wir haben alles. Ich kann euch nur bitten: Glaubt nicht an dieses Übermaß!“ Dann begrub eine Batterie auffällig etikettierter Weinflaschen abscheulichsten Inhalts den wackeren Mann.

Nun ergriffen die Einwohner von Vieldorf Geschenkpakete und wollten den Zug damit vollstopfen. Als Türen und Fenster hastig geschlossen wurden, gerieten die Leute in Zorn. „Alle! Jahre! wieder!“, skandierten Sprechchöre, und Pakete wurden auf die Waggons geworfen.

„Eine schöne Bescherung, nicht wahr?" Der Schaffner wandte sich zum Gehen.

Dann fuhr der Zug weiter. Ich träume vermutlich, überlegte er angestrengt. Und, bemerkte er nicht ohne Stolz, ich träume nicht unbegabt. Er dachte daran, dass er früher Geschichten geschrieben hatte, nicht um sie zu verkaufen, sondern weil so vieles in ihm war, das er in Worte fassen wollte. Und wie er das tat! Erst bevorzugte er eine kühle, lässige Sprache, wie man sie Privatdetektiven zuschreibt, dann ging er zu hehren, wuchtigen Formulierungen über, wie sie einem, der nach Klarheit ringt, zustanden, endlich trieben seine Sätze eine romantische Vielfalt sanft schillernder Blüten. Als er sich endlich einer leichtfüßigen, doch brillanten Heiterkeit zuwenden wollte, kam ihm sein Berufsleben in die Quere. Er begriff rasch den Stellenwert brotloser Künste, und was er fortan noch schrieb, Spesenabrechnungen in der Hauptsache, war ohne jeden literarischen Anspruch. Wie auch immer, dachte er, heute möchte ich ja doch wissen, wie die Geschichte weitergeht.

In Mehrdorf standen zwei Polizisten mit gezückten Taschenrechnern auf dem Bahnsteig, zwischen ihnen ein freundlicher, trauriger Mann, der ein Schild vor der Brust trug: Ich bin mit drei Wachstumsraten im Rückstand! Den stießen sie in den Zug und wandten sich wieder dem Geldverdienen zu. Überall an den Hauswänden sah man Spruchbänder: Süßer die Kassen nie klingeln! Der Zweck heiligt den Abend! Wer niemals einen Kaufrausch hat, der ist kein braver Mann! „Seltsamer Ort!", sagte er zu dem mit dem Schild vor der Brust. „Seltsam?", gab dieser bitter zurück. „Alles hier ist Eigentum der Jesukindlein-Vermarktungs-Ges. m.b.H. & Co. KG. Ihr Direktor liebt Geld über alles. Somit liebt er Weihnachten als geradezu unbezahlbares Fest der Liebe ganz besonders. Jeder hier im Dorf folgt seiner großen Idee: Uns ist ein Kindlein geboren, wir und unsere Gewinne wachsen mit ihm, und wer nicht mit uns wächst, wächst gegen uns. Die Wachstumshirten mit ihren Wachstumshirtenhunden wachen zu jeder Stunde. Wenn es einer einmal am Weihnachtswirtschaftswachstum fehlen lässt, quälen sie ihn mit glühenden Wunderkerzen, ge-

schieht es zum zweiten Mal, umwickeln sie ihn mit Zuckerwatte und tunken ihn in heiße Schokolade, wer dreimal versagt, wird erst enteignet, dann entehrt und endlich abgeschoben. Und alle, die bleiben, sind vielleicht noch schlimmer dran." Er wies auf den Bahnsteig. Händler krallten sich an die Zugfenster und versuchten verzweifelt zu verkaufen: aufblasbare Engel, eine aufklappbare Maria und einen abwaschbaren Heiland, nicht zu vergessen das shooting game Herodes mit vielen unschuldigen Kindern, die man erledigen konnte.

Endlich fuhr der Zug weiter. Ein böses System, dachte der Fahrgast, bei allem Sinn für gesundes Gewinnstreben, und ein sehr erwachsenes System. Nie würde er der Geldgier ernsthaft persönliche Opfer bringen, wichtig blieb die Familie. Er hatte auch wirklich schon an Kinder gedacht, nur war ihm erst das Auto dazwischengekommen, dann die neue Wohnung, und jetzt, wo er nahe daran war, in das mittlere Management aufzusteigen ...

Es blieb keine Zeit für weitere Gedanken, Leerdorf lag gleich nebenan.

Im ersten Augenblick war er beruhigt, fast getröstet. Am Bahnsteig versperrte ein riesiger, bunter, goldgeprägter und flitterbestreuter Adventkalender die Sicht, doch die geöffneten Fenster erlaubten Blicke nach innen. Eine teure Langeweile war zu sehen, ein lärmendes Schweigen, ein grell geschminktes Grau und nichtssagende Nähe. Neugierig geworden, musterte der Fahrgast die Bilder. Sie waren ihm seltsam vertraut: ein weggeworfenes Gespräch, eine unbeachtete Berührung, eine bedauernde Gleichgültigkeit. Einmal glaubte er seine Frau zu erkennen, doch ihr Bild war in rechteckige Scherben zerbrochen, die manierlich in den Raster seines Lebens passten. Es gab ein attraktives Bild zu geselligen Anlässen, ein sportliches Bild, das Fitness und Lebensfreude verriet, ein repräsentatives Bild, ein unwiderstehlich fröhliches. Er sah tapfere, tüchtige Bilder, recht nützlich, auch wenn keines die Wirklichkeit zeigte.

Mit nervösen Fingern griff er zum Flügel des 24. Fensters, das noch geschlossen war. Als er es geöffnet hatte, erschrak er vor dem leeren Gesicht, das ihm glatt und unverbindlich mit

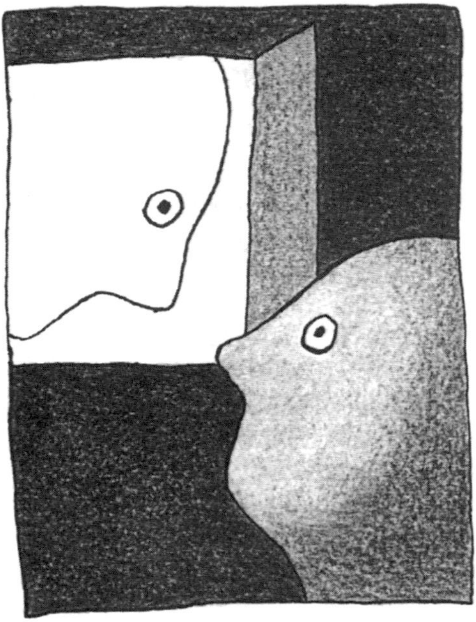

schrecklicher Höflichkeit entgegenblickte. „Da ist ein Spiegel im Fenster", sagte der Schaffner gut gelaunt. „Ganz schön wenig, sagen Sie nicht auch?"

Er sagte nichts, aber er dachte nach.

Da war wohl einiges aus dem Gleis geraten, und dieser Abend, dem er bislang mit trotziger Zuversicht entgegengesehen hatte, machte ihm mehr und mehr Angst. Er war nicht schuld daran, dass die Menschen Weihnachten nicht verstanden, das Fest verkauften und verrieten, er hatte auch nicht freiwillig seine Kinderträume hergegeben, hatte seine Ideale nicht gerne gegen Sachzwänge getauscht. Er hatte das Wunder nie aus den Händen lassen wollen, sich so stark daran geklammert, dass er gar nicht bemerkte, wie es ihm leichthin entschlüpfte und er die leere Hülle für das Wesen hielt.

Er zwang sich zur Ruhe.

Offensichtlich hatte er Fehler begangen. Welche Fehler, zum Teufel, beim Himmel oder wer auch immer anzurufen war in derlei unirdischen Fällen? Die Geschenke für seine Frau waren doch wirklich in Ordnung, sie zeigten, dass sie ihm wertvoll war, dass er ihren Wünschen nachspürte und es nicht verlernt hatte, ein Lächeln mit einzupacken. Er hatte auch nie seinen Beruf wichtiger genommen als sein Leben mit ihr, höchstens genauso wichtig. Und er war sich keiner umfassenden Lebenslüge bewusst. Allerdings ... den Schein galt es nun einmal zu wahren. Auch der Abend heute würde schön werden – wäre da nicht eine schmerzhafte Unzufriedenheit, ein plötzlicher Hunger nach Tiefe.

Er zuckte zusammen, als er den Schaffner bemerkte. „Wie soll es weitergehen?“, fragte er.

„Ja, wie ...“ Der Schaffner wickelte einen gläsernen Weihnachtsmann aus dem Weihnachtspapier, schraubte ihm den Kopf ab und nahm einen kräftigen Schluck Punsch. „Da wäre einmal Alleinstadt. Tausende Bewohner, die aneinander vorbeireden, vorbeigehen und vorbeiträumen. Die graue Bestie Einsamkeit hockt in ihren Straßen, liegt in ihren Betten und schaut aus ihren Augen. Heute Abend werden sie die Bestie verleugnen, verlachen und niedertrinken. Doch in der Nacht, kurz bevor der Schlaf kommt, ist sie wieder da, kalt und widerwärtig, mit einem Tannenzweiglein hinter dem linken

Ohr. Übrigens: Da sind wir schon!" Auf dem Bahnsteig standen unzählige Weihnachtsbäume, für jeden Bürger einer. Jeder war allein mit seinem Baum, zündete seine Lichter an, blies sie aus, beschenkte sich und prostete sich zu. Die Kinder tranken grellgefärbte, süße Limonade, stierten aus glänzenden Kinderaugen in die gleißende Leere, hatten die Backen voll mit klebrigem Zuckerwerk, die Münder waren dick mit Schokolade verschmiert. Wir alle, sang dann jeder für sich im Chor, sind eine große, glückliche Familie. So standen sie dicht an dicht und konnten einander nicht spüren. Als sie den Fahrgast hinter dem Waggonfenster erblickten, fingen ihre Augen gierig an zu glitzern, wurden die Hälse lang und die Finger klebrig. „Komm", lockten sie den im Zug, „du darfst in meinem Buch lesen, du darfst von meinem Teller essen, du brauchst meine Schonbezüge nicht zu schonen, du darfst sogar die Schuhe anbehalten, du kannst mein Kennwort haben, du darfst mich haben, wenn du mich nur nimmst." Eine der vielen Stimmen glaubte er zu kennen. „Bitte", sagte er zum Schaffner, „bitte weiter. Ich will nichts von Einsamkeit sehen und hören, nicht heute Abend, wissen Sie, ich kenne sie zu gut. Nicht, dass ich sie gewollt hätte, sie ist mir zugelaufen, und nicht nur mir, meine Frau und ich, wir haben getrennte Einsamkeiten. Sie leben recht friedlich zusammen, doch sie dürfen einander nicht berühren: Das tut weh." „Ich weiß", sagte der Schaffner. „Wir kommen bald nach Stummstadt. Da wird so viel geredet, dass sich die Wörter zu grauen Wolken ballen, ein geschwätziger Nebel hängt in der Luft, leise und eintönig regnet es Gerede, manchmal gibt es ein Wortgewitter, doch hat alles nicht viel zu sagen. Die Wortabfuhr ist überfordert, die Sonderwortverwertungsanlage stinkt zum Himmel, und heute Abend, wenn sich die Redakteure, die Poeten, die Politiker und alle anderen falschen Propheten über die stillste Zeit im Jahr entleert haben werden, schenken die Bürger einander wortreich ihre Sprachlosigkeit."

Gleich nach der Ankunft bot sich ein schauerliches Bild: Jeder überschüttete jedermann mit festlich dekorierten Wörtern, und keiner hatte auch nur ein Wort zu sagen. Einer, dem das alles zu viel geworden war, hatte unzählige Sprechblasen gesammelt und versuchte mit ihrer Hilfe zu entschweben. Doch eine einzige spitze Bemerkung ließ sie platzen, und er konnte von Glück reden, dass er in einem Haufen welker Weihnachtswünsche landete. Ein anderer schritt dick und schweigend einher, den Fahrgast mit keinem Worte würdigend: Er war reich, seit er das weihnachtliche Überangebot an hochgiftigen, salbungsvollen Worten in einer illegalen Deponie entsorgte.

Ein Wortewächter schob sich wortgewaltig ins Abteil. „Wie viele Worte gedenken Sie mit Ihrer Frau zu wechseln, heute Abend?“, fragte er inquisitorisch, „zu welchem Wechselkurs? Und wie viele davon sind Wegwerfworte? Sie schweigen? Das nenne ich eine beredte Antwort!“

Als der Zug Stummstadt verließ, wollte das Schweigen nicht enden. Erst war es ein betroffenes, dann ein grübelndes, dann doch ein recht verzweifeltes Schweigen. Aber es war kein leeres Schweigen, und er würde sich nicht genieren müssen, wenn er es nach Hause mitbrachte.

„Starrstadt!“, unterbrach der Schaffner mit schnarrender Stimme seine Gedanken. „Ein sehr modernes Gemeinwesen!", erläuterte er, „von immerwährender Anpassung geprägt. Weil das Weihnachtsfest naht, laufen die Wölfe zu den Hirten über, Feuergeister verzischen im geweihten Wasser, die Gottlosen lassen Gott hochleben, weil er noch so klein und rosig ist, die Mächtigen weinen über ihr Ungestüm, und die Lieblosen verzehren einander mit Anteilnahme. Aber niemand in Starrstadt ändert sich unter der Maske wirklich: du auch nicht."

Als der Zug hielt, weigerte er sich einfach, aus dem Fenster zu schauen. „Das passt", bemerkte der Schaffner behaglich. „Auf dem Bahnsteig steht jemand, der sich ganz einfach weigert, in das Fenster zu schauen. Übrigens ... ganz Starrstadt feiert den Weihnachtsabend auf diese Weise. Der städtische Prophet hat soeben erklärt, dass er den Blickwinkel der städtischen Seherin nicht teilen könne. Da aber beide ins Leere blicken, fällt das nicht allzu sehr ins Gewicht. In Starrstadt hat alles seine Ordnung, weil keiner den anderen sieht. Natürlich erfrieren viele. Aber das fällt nicht auf. Natürlich vertrocknen viele. Aber nicht so offensichtlich. Natürlich verstummen viele. Aber das überhört

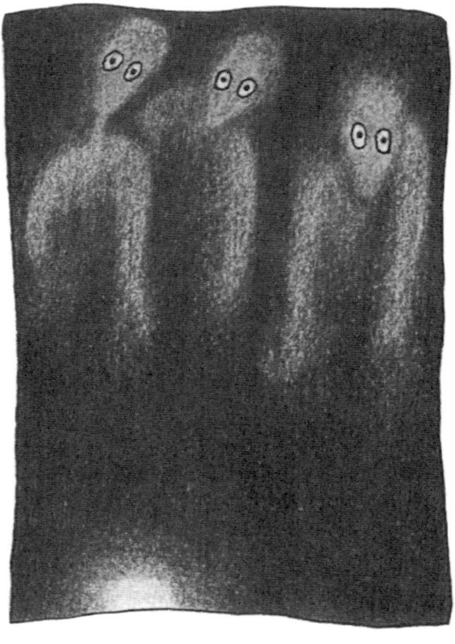

man hier. Es ist alles sehr gut eingeteilt: Im Stadtzentrum feiern jene, die nicht wissen, dass sie Sorgen haben, in den Außenbezirken solche, die ab und zu ins Grübeln kommen, an den Stadträndern jubilieren die Verzweifelten, und vor der Stadt sitzen die Alten und die Kranken in der Dunkelheit und stören nicht. Voriges Jahr hat man Weihnachten in Starrstadt für das Fernsehen aufgezeichnet, ganz ordentlich!"

Der Fahrgast strich sich über die Augen. „Ich will diese Ordnung nicht." Fast fröhlich fügte er hinzu: „Zum Teufel mit ihr!" Als er es dann doch wagte, wieder aus dem Fenster auf die Stadt zu schauen, sah er einen mürrischen Engel, der sie unwirsch mit einem gläsernen Stab berührte. Starrstadt erbebte, zitterte, dröhnte misstönend und zerbrach. Er wollte schon die Augen schließen, als er bemerkte, dass die Bürger in langen Ketten zwischen den Trümmerbergen tanzten und die Kinder glücklich mit den Scherben spielten. Gut, dachte er, aber ich?

„Ein wenig ratlos, der Herr, nicht wahr?" Der Schaffner wickelte einen Plastik-Engel aus dem Weihnachtspapier, griff ihm unter den Rock und holte Konfekt hervor.

„Ratlos?“, wiederholte der andere. „Ja, denn mein Bild ist zerbrochen. Aber ich habe kein neues. Meine Geschenke sind wertlos, aber ich werde keine anderen finden. Vielleicht sollte ich aussteigen, das versuchen doch viele heutzutage?“ Der Schaffner schüttelte den Kopf. „Sie steigen nur um und sitzen erst recht wieder im falschen Zug. Außerdem“, fügte er hinzu, „sind wir gleich da.“

„Da? Wo?“

„Na, an Ihrem Ziel, da wollten Sie doch hin.“

Er blickte erstaunt auf: Ein Schaffner, gut rasiert, von distanzierter Dienstbereitschaft, stand vor ihm. „Darf ich den Fahrschein sehen?“ Als der Schaffner seine Diensttasche öffnete, war darin ein neues Kursbuch zu sehen. Der Fahrgast nahm das kaum wahr, er hatte mit sich selbst zu tun. Verwirrt zog er den Mantel an, griff zur Zeitung mit dem ereignislosen Sportteil, den Börsenkursen und den Friedensbotschaften, warf sie dann weg, schaute aus dem Fenster, sah die vertrauten Bilder des Bahnhofs der Stadt, in der er wohnte, ging rascher als sonst zur Ausgangstür und wartete mit seltsamer Ungeduld darauf, dass der Zug stehen blieb.

BETRETEN DER
GLEISE VERBOTEN!

Seine Frau stand am Bahnsteig, ein paar Schneeflocken im Haar, in den Augen ein ganz leises Lächeln, das nicht den Leuten gehören sollte, sondern ihm. Er wollte sich für die Verspätung entschuldigen, sie sagte, er sei pünktlich gekommen, er wollte sie flüchtig umarmen und drückte sie dann doch sehr fest an sich, beinahe, als hätte er vorhin fürchten müssen, sie zu verlieren.

Es schneite, und es war kalt geworden. Der Winter kam in die Stadt, nur für ein paar Stunden, doch er gebot den Straßen leiser zu werden, lehrte die Hastigen, behutsame Schritte zu tun. Weiß überzog das Grau und die grellen Farben, die Luft schien frischer und klarer zu sein. Für jene, die zu träumen vermochten, war doch wirklich ein wenig Wald darin, und der kalte Nachtwind brachte dunkle, schöne Stille von draußen in die Stadt. Die beiden gingen zu Fuß, und sie wählten einen krummen, wunderlichen Weg. Er führte an den Lagerhäusern des Bahnhofs vorbei, folgte ein Stück dem alten Schulweg, verlor sich dann in den Tiefen des Stadtparks, um nach einer ungebührlich langen Zeit den Schlossberg hochzuklettern. Oben angekommen, schauten die zwei der Stadt auf die weißen Dächer, liefen dann den steilen Weg, die Kehren und Stufen hinunter, gingen an Schaufenstern vorbei, deren Inneres nun, für ein paar fromme Tage, nicht mehr käuflich war, blieben vor der Kirche stehen, äugten mit scheuer Neugier durch das spaltbreit geöffnete große Tor, verirrten sich fröhlich zwischen den dunklen Buden des Weihnachtsmarktes und fanden endlich nach Hause.

Da waren sie nun und wärmten einander. Dann packten sie die Geschenke aus: Sie gab ihm ihre Angst, weil er sie nie ausgelacht hatte, und er gab ihr seine Verwirrung, weil sie sich darin zurechtfand.

Anschließend bildeten die zwei eine Chorvereinigung und sangen ein Weihnachtslied. Es soll nicht verschwiegen werden, dass es entsetzlich falsch geklungen hat.

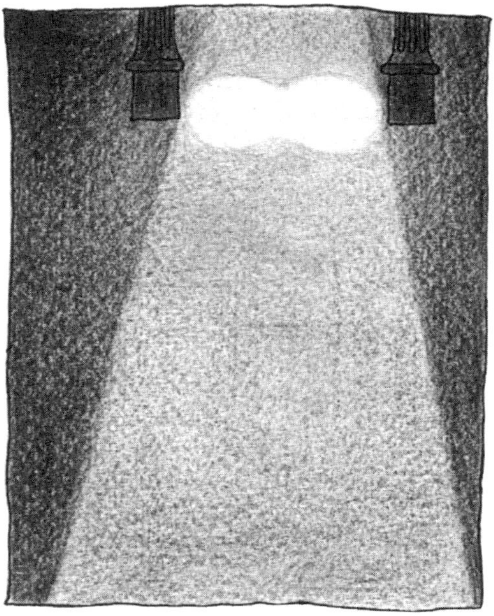

Der gefallene Weihnachtsengel

Wegen ganz besonderer Fähigkeiten wurde die Hausfrau Eva N. mitten im Advent von ihrem Erdendasein erlöst und zum Weihnachtsengel berufen. Sie hinterließ einen Mann, den sie mochte, einen Sohn, den sie liebte, und fuhr gen Himmel.

Eva N. war zweiunddreißig Erdenjahre alt, trug ihr rabenschwarzes Haar, wie's eben fiel, und war auch sonst recht unbekümmert, beinahe in allen Dingen. Sie hatte einen Beruf erlernt, Lehrerin, und übte ihn zuletzt nur mehr in den eigenen vier Wänden aus: Sie lehrte ihren Sohn den doppelten Seemannsknoten, ihren Mann das Fürchten und sich selbst ein wenig von allem, was sie fast vergessen hatte, zwischen Herd und Tiefkühltruhe. Damit war es jetzt aus.

Der Engel von der Bekleidungskammer hatte sie etwas barsch in ein Rauschgoldgewand gesteckt, ein paar kaum gebrauchte Flügel wurden an ihrem Rücken befestigt und die Dienstharfe zugeteilt. Der Ausbildungsleiter, ein älterer Engel, der schon in Bethlehem mit dabei gewesen war, begrüßte die neuen Schüler. Eva N. zerdrückte eine weihrauchduftende Träne und dachte an zuhause. „Du und Engel?“, würde ihr Mann sagen. „Dass ich nicht lache.“ Und dann doch nicht lachen. Und ihr Sohn? „Kannst du jetzt fliegen?“, würde er fragen. Und: „Darf ich mit? Nur einmal, rund ums Haus ...“

Im Kühlschrank war noch Pfefferschinken von gestern und grüner Paprika. Ihr roter Schirm stand noch im Vorzimmer und Besuch hatte sich angesagt. Vielleicht gab es Telefon hier oben? „Iss den Pfefferschinken“, könnte sie ihrem Mann sagen. „Bier steht im Keller. Und warte nicht zu sehr auf mich. Aber das hast du ja ohnedies nie getan ...“

Als sie nach einem himmlisch anstrengenden Tag in ihrem Wolkenbett lag, dachte sie lange nach: Welche besonderen Fähigkeiten waren

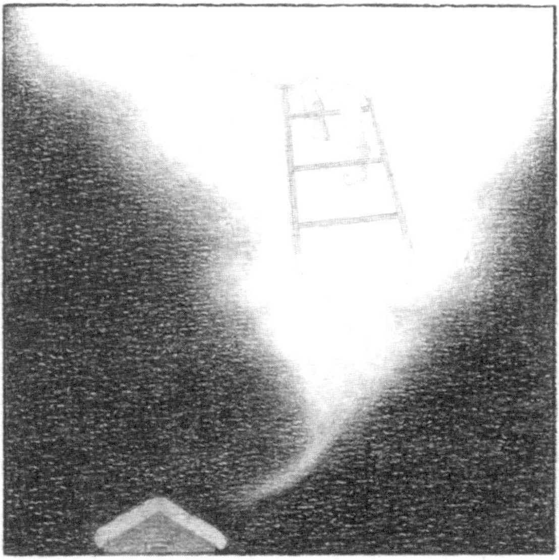

das nur, die sie so hoch hinaufbefördert hatten? Stimmt schon, sie konnte Gewürzspekulatius backen und ein wenig Gitarre spielen, verstand sich aufs Kerzengießen und das Basteln von Strohsternen.

Auch mit dem Himmel hatte sie schon zu tun gehabt, früher. Manchmal war sie selbst ihr Firmament und spannte sich hoch und gläsern über ihre Angst, manchmal holte sie den Himmel einfach zu sich herunter und versteckte ihn lachend vor ihrem Mann.

Vielleicht war es ihr Kopf, der sie zum Weihnachtsengel tauglich machte? Ein Prophet wohnte darin, als Untermieter, ein lahmer Pegasus fraß sein Gnadengedankenbrot und hinter allen Bildern, die sie gesammelt hatte, die Jahre hindurch, brannte ein kleines, hellrotes Feuer, von dem sie nicht so recht wusste, wer es angezündet hatte.

Oder war es ihr Äußeres? Hatte sie vielleicht Engelshaar, Engelsaugen, eine Engelsnase oder ein Engelsknie? Und sie überlegte, ob auch Engel Träume hätten, ob darin auch ein kleines Höllenfeuer brennen dürfe, in aller Unschuld. Dann schlief sie ein.

Tags darauf wurden die praktischen Fächer geübt: Harfe, Latein, Krippenkunde, Astronomie. Endlich schoss ein besonders schnittiger Engel heran und rief zur Flugstunde. „Wir unterscheiden“, begann er, „Steigflug, Schwebeflug und Sturzflug. Und noch etwas: Engel flattern nicht. Schlagt eure Flügel mit Würde!“

Dann flog er vor: einmal quer durch den Himmel, im kühnen Sturzflug zur Erde, und wieder hoch über einer Kirchenkuppel, im Aufwind der Glocken und Gesänge.

Sie versuchte es auch. Etwas taumelig vorerst, dann sicher und frei. Als sie etwas tiefer flog, konnte sie ihr Haus sehen. Schnee lag auf dem Dach.

Der Briefträger brachte ein dickes Paket, die Katze scharrte an der Tür und wollte ins Haus, die Nachbarin schaute hinüber und sagte etwas zu einer zweiten, älteren Frau, die darauf heftig nickte.

Drinnen im Haus läutete das Telefon, sie konnte es hören, mit ihren feinen Engelsohren. Wer das nur war? Und sie vergaß auf einen Flügelschlag und stürzte ab.

Da lag sie nun im Schnee, das Rauschgoldgewand zerrissen, die Flügel ein wenig abgeschunden. Sie stand auf und tat ein paar unsichere Schritte. Weit hatte sie es gebracht: ein heruntergekommener Engel zu Fuß.

Sie ging zum Bürgermeister und stellte sich vor, als Weihnachtsengel. Dieser reihte sie ein in der Gemeindekartei, und zwar unter: unbekannte Flugobjekte. Dann reichte er sie an den Pfarrer weiter. „Dich kenn ich doch“, sagte der geistliche Herr. „Aber ich muss mich täuschen.“ Im Übrigen war er ein moderner Mann und hatte mehr Sinn fürs Abstrakte.

„Du bist von gestern, Kind“, brummte er, „versuch's beim Kirchenchor.“

„Du bist mir vielleicht ein Engelchen“, sagte der Chorleiter und nahm sie vertraulich um die Schulter. „Komm doch in 20, 30 Jahren wieder ...“

Sie aber verbarg scheu ihre Flügel, senkte den Kopf und rannte nach Hause. Dort schlüpfte sie durchs Kellerfenster und verbarg sich vorerst hinter dem Weihnachtsbaum, den sie von der freiwilligen Feuerwehr gekauft hatte, vor sieben Tagen, bevor sie ... ach was. Halleluja. So ist das Leben.

Ihr Sohn fand sie, als er vom Kindergarten nach Hause kam. Wo wohl der Engel herkommt? dachte er, schaute unters Kleid und riss ihr probehalber eine Flügelfeder aus. Ein echter Engel! Und schwarzes Haar. Keine Spur von goldenen Stoppellocken. Ob man mit ihm spielen kann? Er zeigte dem Engel vorsichtig seine kleine Gitarre, die mit nur einer Saite. Der Engel nahm sie und spielte ein Lied mit nur einem Ton. „Schön", sagte das Kind. „Ich weiß den Text dazu."

Ihr Mann fand sie, als er vom Büro nach Hause kam. Wo wohl der Engel herkommt?, dachte er, schaute unters Kleid und riss ihr probehalber eine Flügelfeder aus. Ob man mit ihm spielen kann? Er zeigte dem Engel ein wenig verlegen seine Gitarre, die zerbrochene, vom letzten Jahr. Der Engel nahm sie und fügte zwei Stücke zusammen. „Schön", sagte er. „Ich weiß das nächste Stück."

Der große und der kleine Mann nahmen ihren Fund und trugen ihn in die gute Stube. Dort saß der Engel nun, die Flügel sittsam gefaltet, und wusste nicht recht.

Oft kamen Besucher, um den traurigen Rest der Familie zu trösten, bemerkten den Engel und dachten sich ihren Teil. Nur der Vater schaute ein wenig seltsam drein. „Und Sie sind wirklich geflogen? Bei Ihrem spezifischen Gewicht?“ Als der Engel traurig nickte, dachte er: Sie hat schon wieder abgenommen.

Der Engel versuchte sich nützlich zu machen, buk Gewürzspekulatius, spielte ein wenig Gitarre, goss Kerzen und bastelte Strohsterne. Nur mit dem Himmel gab es Schwierigkeiten, lag er doch schwer auf Schultern und Händen.

Eines Tages kam ein reisender Teufel des Wegs. „Ich nehme Ihnen das Flügelzeug ab, Fräulein“, versprach er, „Sie brauchen nur den Höllenboten zu abonnieren. Vorerst für ein Jahr.“ Sie müsse sich’s überlegen, bat sie. Ob er nicht wiederkommen könne, ein, zwei Ewigkeiten später oder so?

„Engel“, fragte das Kind, „wer war das?“

„Ach, nur die Müllabfuhr.“

Jeden Tag, wenn es Abend wurde, flatterte der Engel mühsam unters Dach und schlief in einem verlassenen Schwalbennest. Manchmal schaute ihr Mann vorbei und fragte, ob sie's nicht bequemer haben wolle. Und er sei ohnedies recht einsam, seit ...

Da schlug sie ihm die Flügel um die Ohren, nicht zu wild, aber er konnte es spüren. Und sie gab ihm ein Buch zu lesen, ADVFE. Allgemeine Dienstvorschrift für Engel. Kapitel Weihnachtsengel. „Na und", sagte er. „Papier." Sie aber war längst eingeschlafen.

Er ging und kaufte ihr ein neues Rauschgoldgewand, eine dicke Wachskerze besorgte er und ein Fläschchen Parfum: Myrrhe Nr. 5.

Auch benahm er sich weniger bocksfüßig, von Tag zu Tag, lachte den Himmel nicht mehr aus, und wenn sein Sohn fragte, wie das nun sei, mit dem Hirten, dem Ochs und dem Esel, brummte er: „Wenn wir schon einen Engel haben unterm Dach, mag's schon auch andere Wunder geben." Und als der reisende Teufel wiederkam, mit einigen wüsten Weibern im Musterkoffer, sagte er standhaft: „Fahr ab, mein Sohn. Ich beziehe jetzt von Himmel und Co." Verlegen fügte er hinzu: „Probeweise."

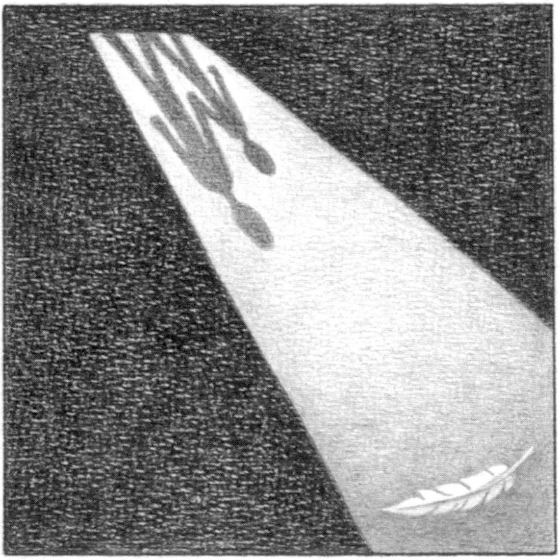

Auch der Sohn versuchte dem Weihnachtsengel zu gefallen. Eifrig schnitzte er Schafe und Hirten, zwickte die Katze nicht mehr in den Schwanz, schenkte dem Nachbarskind eine Gummispinne und brachte den Religionslehrer in Verlegenheit. „Was essen Engel?“, fragte er. „Und brauchen sie viel Auslauf? Kann man ihnen die Flügel stutzen, und was haben sie drunter an? Wir haben nämlich“, pflegte er abschließend hinzuzufügen, „wir haben nämlich so einen zuhause.“

Auch an den Weihnachtsengel hatte er eine Frage: „Haben auch Weihnachtsengel Söhne? Und wer sind denn ihre Weihnachtsmänner?“

Der Engel blätterte verlegen in der ADVFE. Zu dumm. Die Seite hatte einer herausgerissen.

Je näher das Weihnachtsfest rückte, desto unruhiger wurde der Weihnachtsengel. Er war schon jetzt für nicht vieles zu gebrauchen, was sollte erst nachher mit ihm geschehen? Schlaflos lag er unter dem Dach und spielte nervös mit den Schwungfedern. Ob er versuchen sollte, fortzufliegen?

Kurz vor dem Fest geschah es dann: Ein dicker Brief fiel aus den Wolken. An Eva N., gefallener Weihnachtsengel, stand darauf. Absender: CIA. Civil Intensity Angel. Sie werden angewiesen, stand darin zu lesen, an Ihrem Wohnort den Himmel in geheimer Mission zu installieren. Der Einfachheit halber in Ihrer früheren, flügellosen Gestalt. Auch das Tragen von Rauschgoldgewändern ist zu unterlassen. Kaufen Sie sich Jeans. Und dann lag noch etwas bei: die herausgerissene Seite aus der Allgemeinen Dienstvorschrift für Engel. Merke, stand da auf zartrosa Bütten, merke: Engel sind auch nur Menschen.

Anmerkung: Ähnlichkeiten mit lebenden Personen sind kein Zufall und durchaus erwünscht. Und irgendeinen Himmel hat schließlich jeder im Haus.

Inhalt

1945 in Bad Aussee geboren, lebt Alfred Komarek heute als freier Schriftsteller in Wien, im Weinviertel und im Salzkammergut. Neben zahlreichen Auszeichnungen für sein vielfältiges Schaffen erhielt er 1998 den Glauser-Preis für „Polt muss weinen“. Im Haymon Verlag erscheinen u. a. Komareks Polt-Romane sowie seine Salzkammergut-Romane rund um Daniel Käfer. 2019 erschien sein Buch „Alfred“. **www.alfred-komarek.at.**